백흠의 여신 외전 3

Only Sense Online
온리 센스 온라인

리레이 *Rirei*

루카토 *Lucato*

토우토비 *Toutobi*

히노 *Hino*

뮤우 *Myu*

코하쿠 *Kohaku*

할로윈 파티

온리 센스 온라인 외전
백은의 여신
3

아로하자초 지음 | **유키상** 일러스트 | **천선필** 옮김

커버 그림, 본문 일러스트 | **유키상**

백은의 여신 Only Sense Online 3
온리 센스 온라인

토우토비 *Toutobi*

뮤우 일행과 던전에서 만나게 되는 부끄러움 많은 여자애. [은밀] 센스 등을 구사하는 어새신 스타일의 솔로 플레이어였지만, 동료와 파티를 짜면서 척후 역할로서의 재능이 개화한다.

리레이 *Rirei*

참가하는 파티마다 족족 문제를 일으키는 마법직 언니. 한편 마법 센스의 숙련도는 대단해서 일격의 위력으로 승부하는 화 속성 마법에 능하다.

코하쿠 *Kohaku*

리레이와 콤비를 짜는 일본식 옷차림의 마법사. 항상 리레이의 행동에 고민하지만, 그녀와의 연대는 발군이며 방어 마법 등도 특기다.

Myu's Party Players

Only Sense Online The Silver Muse

뮤우 *myu*

베타판에서는 [백은의 성기사]라고 불리며 전설이 된 공략 플레이어. 이 작품의 주인공. 한 손 검과 빛 마법을 조합한 독자적인 〈마법검사〉 스타일로 최강을 목표로 한다.

히노 *Hino*

베타 시절부터 뮤우와 파티를 짠 기운 넘치는 플레이어. 작은 체격으로 창이나 망치 등의 중량급 무기를 이용하여 싸우는 어태커.

루카토 *Lucato*

정식판이 오픈하고 얼마 뒤에 뮤우와 만난 초심자 플레이어. 뮤우와 모험을 하면서 〈사령탑〉으로서의 재능을 닦아간다. 검과 방패를 사용하는 정통파 검사.

11화 방어 퀘스트와 코스프레 장비

여름방학이 끝나고 학교 중심의 일상생활로 돌아가는 와중에도 시간이 나면 OSO에 로그인해서 루카네와 파티를 맺곤 했다.

그런 와중에 운영 쪽에서 소규모 이벤트 공지를 올렸다.

——제1~제3마을에서 거점 방어 퀘스트가 동시에 발생합니다. 참가는 자유입니다.

"거점 방어 퀘스트라네. 나는 가고 싶은데, 다들 어떻게 할 거야?"

비정기적으로 운영 쪽에서 개최하는 소규모 이벤트가 있고, 이번에는 방어 퀘스트인 모양이었다.

내가 루카와 다른 사람들에게 물어보니 모두가 참가하겠다고 했는데, 그다음에는 참가할 마을이 문제였다.

"참가하는 건 좋은데, 제1~제3마을 중에서 어느 쪽에 참가하실 건가요?"

루카가 모두에게 묻던 와중에, 나는 메뉴의 공지를 보고 깨달았다.

"난이도나 방침 같은 게 대충 정해져 있는 모양이야."

제1마을은 성벽으로 둘러싸여 있고 나타나는 MOB이 약하게 설정되어 있는 방어 퀘스트.

제3마을은 광산에서 나오는 MOB에게 맞서며 광산 내부에 있는 보스 MOB을 토벌하는 역침공형 방어 퀘스트.

그리고 운영 쪽에서 난이도를 약간 높게 설정한 것이 제2마을이다.

목가적인 농촌 마을에는 제1마을처럼 방벽 같은 것이 없고 적의 침입 경로가 광산으로 한정되어 있는 제3마을과는 달리 일반적인 방어 퀘스트인 모양이었다.

"이왕 할 거면 좀 어려운 곳에 가고 싶은데. 나는 제2마을에 가고 싶어."

내가 그렇게 말하자, 다른 사람들도 그 설명을 훑어보며 고개를 끄덕였다.

"그라제. 초보가 많은 제1마을에서 활약해봤자 맥빠질 거니께."

코하쿠가 한 말을 듣고 쓴웃음을 지으며 제2, 제3마을 방어 퀘스트 중 한 곳을 정하게 되었다. 그리고 모두 함께 이야기를 나눈 결과 제2마을 방어 퀘스트에 참가하기로 결정했다.

"방어 퀘스트는 어떤 걸까?"

"그래. 베타 버전 때는 나름대로 재미있긴 했지만 결과가 좀."

"저기, 베타 버전 때도 방어 퀘스트가 있었나요?"

베타 버전 경험이 있는 나와 히노가 이야기를 나누고 있자니 루카와 다른 사람들이 흥미롭다는 듯이 물어보았다.

"있었어. 그때는 제1마을에서만 했었는데. 그립네."

"그때는 드물게도 막싸움을 벌였지."

나와 히노가 예전 일을 떠올리며 이야기한 것은 베타 버전 때 있었던 일.

플레이어들은 마을 가장자리에 모인 MOB 무리의 숫자를 원거리 공격으로 서서히 줄인 다음, 마지막으로 전위들이 적을 해치울 예정이었다.

하지만 후위를 담당한 [활] 센스 소유자들의 화살이 차례차례 바닥났고, 보충하지도 못했기에 예상했던 것보다 적을 줄이지 못한 상황에서 전위들이 싸우게 되었다.

그로 인해 생겨난 물량 차이 때문에 플레이어들이 밀려나며 쓰러져가던 와중에 데스 페널티를 받은 플레이어들이 다시 전장에 서게 될 정도로 절박한 상황에서 겨우 이겼지만, 나중에 [활]이 인기 없는 센스가 되는 이유를 만들게 되었다.

"그때는 뮤우하고 세이 씨가 활약해서 별명도 붙었으니까 부러웠지. 나도 별명 붙었으면 했는데."

그렇게 말하고 예전에 있었던 일을 떠올리며 아쉽다는 듯이 입을 삐죽대고 있던 히노에게 나는——.

"그럼 내가 히노의 별명을 붙여줄게. 그래—— [폭쇄 로리]는 어때?"

"로리 아니야아!"

내가 붙여준 별명을 한껏 부정하는 히노를 보고 루카와

다른 사람들이 쓴웃음을 지었다.

　그리고 리레이는──.

　"[폭쇄 로리]…… 괜찮네요."

　"안 괜찮거든! 나, 화났거든!"

　히노를 달래기 위해 모두 함께 팬케이크를 사준 다음, 방어 퀘스트가 시작되기 전까지 며칠 동안 파티를 맺고 모험을 하거나 각자 혼자서 레벨을 올리거나 아이템을 수집하는 등 평소처럼 플레이하며 퀘스트 당일까지 시간을 보냈다.

　그리고 방어 퀘스트 당일, OSO에서는 많은 플레이어들이 각자 마을에 머무르며 퀘스트가 시작되는 것을 기다리고 있었다.

　마을 전체를 파악하는 플레이어, 시가지에서 전투를 벌이게 되었을 때의 움직임, 적의 침공 루트 시뮬레이션 등, 여러 가지 준비를 하며 시작되기를 기다렸다.

　"좋았어~, 해보자!"

　"뮤우 양, 의욕을 내기 전에 먼저 포지션을 의논해요."

　내가 두 손을 치켜들고 숲 쪽을 향해 소리를 지르고 있자니, 루카가 나를 불렀다.

　나는 들어 올린 두 손을 내리고 루카와 다른 사람들이 있는 곳으로 돌아와 이야기에 끼어들었다.

　방어 퀘스트에는 명확한 포지션 같은 게 없지만, 이렇게 사람들이 많이 참가하는 형태의 퀘스트에서는 각자 역할을 정해서 움직이면 더 편하게 전투를 벌일 수 있다.

그렇기 때문에 우리 파티의 적성을 고려하며 가장 적합한 곳에서 적을 요격하는 것이다. ……하지만 그렇게 깊게 생각할 필요는 없다.

포지션을 정하는 이유 같은 건 아는 사람이 있다거나, 사람이 적으니 도와주기 위해서, 하고 싶으니까, 그 정도 이유면 된다. 왜냐하면, 게임은 즐겨야 하니까.

"제2마을에는 적을 요격하기 위해 플레이어들이 늘어설 수 있는 평원이 없네요."

"그래. 숲하고 거리가 가까워서 가장자리 쪽에 플레이어들이 모여도 과밀 상태가 되어버리니까 주로 시가전을 벌이게 되겠지."

루카와 히노가 적의 침공 방향을 예측하는 한편, 우리는 아는 사람들에게 말을 걸었다.

"얏호~, 윤 언니. 그리고 타쿠 씨."

우리와 마찬가지로 어느 포지션으로 방어 퀘스트에 참가할지 의논하고 있던 윤 오빠와 타쿠 씨가 있는 곳으로 돌격했다.

두 사람 말고도 타쿠 씨네 파티 멤버인 간츠 씨와 케이 씨도 다른 플레이어들과 의논하고 있었고, 윤 오빠도 생산직 동료인 마기 씨네 멤버들과 함께 제2마을에 와 있었다.

"아, 뮤우네도 여기에 와 있었구나."

"응. 나는 제2마을 방어 퀘스트에 참가할 거야. 윤 언니가 방어 퀘스트에 참가한다는 것 자체가 신기한데."

"뭐, 참가한다 해도 적극적으로 참가하는 게 아니고 후방이나 마을의 주요시설 주변에서 다른 플레이어들이 놓친 걸 조금씩 쓰러뜨리는데 전념할 거야."

그렇게 말하며 쓴웃음을 짓는 윤 오빠.

"우리는 윤과는 달리 전투를 잔뜩 벌일 생각이니까 마을 가장자리에서 시작하게 되겠지."

두 사람의 포지션에 대해 듣고 납득하며 고개를 끄덕였다.

"그건 그렇고 세이 언니는 안 보이네. 같이 싸울 수 있을 것 같았는데……."

"세이 씨는 [팔백만] 길드 멤버들하고 제3마을 방어 퀘스트에 참가한다고 하던데."

"그렇구나. 좀 아쉽네."

그 뒤로는 윤 오빠, 타쿠 씨와 잡담을 나눈 뒤 각자 파티가 있는 곳으로 돌아갔다.

나도 루카네와 합류해서 다시 포지션에 대해 의논했다.

"마을 주요시설 방어는 어쩔 거여? 방어 퀘스트 실패 조건이 적의 주요시설 점거일 건디?"

"그쪽은 괜찮을 것 같아. 윤 언니처럼 전투에 적합하지 않은 플레이어나 생산직들이 모여 있으니까 적을 놓치는 것 정도는 문제없지 않을까?"

코하쿠가 묻자 내가 좀 전에 들은 이야기를 전했고, 다들 납득한 다음 파티로서 내린 결론은 임기응변으로 대응하는 유격 포지션이 되었다.

시작 위치도 타쿠 씨와 윤 오빠네 파티 포지션의 중간 지점이어서 어느 방향에서 적이 공격하더라도 달려갈 수 있게끔 대기하고 있었다.

다들 각자의 센스와 장비 등을 확인하고 언제라도 전투를 벌일 수 있게끔 준비를 갖춘 뒤 방어 퀘스트가 시작되는 것을 기다렸다.

●

메뉴의 시계를 확인하며 방어 퀘스트가 시작되는 것을 기다리다 보니 드디어 때가 왔다.

──지금부터 [제2마을 거점 방어 퀘스트]를 개시합니다. 승리 조건은 적 MOB [페어리테일 위치]의 전멸. 패배 조건은 마을 중요 거점의 상실입니다.

공식 알림과 함께 마을 안에 있던 NPC들의 모습이 차례차례 사라지기 시작했고, 플레이어들이 적이 쳐들어오리라 생각하는 숲 쪽을 지긋이 바라보았다. 카운트다운이 끝난 것과 동시에 숲의 나무 위에 까만 천 같은 것이 여러 개 튀어 올랐다.

그것은 새까만 로브를 걸치고 빗자루를 탄 마녀들이 하늘을 날며 마을 쪽으로 다가오는 광경이었다.

마녀 유니크 MOB의 숫자는 약 50. 아무리 날아다닌다 해도 수백 명이 넘는 플레이어와 비교하면 숫자가 꽤 적은 것 같았다.

곧바로 마을 가장자리에 있던 플레이어들이 하늘을 향해 마법을 날렸지만, 마녀들은 그 마법을 피해 첫 번째 방어선을 쉽사리 돌파했다.

"큰일! 큰일이야! 설마하던 전격작전이라니! ──《솔레이》!"

어떤 시설이든 금방 달려갈 수 있게끔 마을 가운데 부근에 있던 우리도 원거리 공격 스킬로 응전했지만, 빗자루를 타고 있던 마녀들을 좀처럼 맞출 수 없었고, 맞는다 해도 마법에 내성이 있는지 큰 대미지를 입히지는 못했다.

"아! 진짜! 맞으라고!"

"뮤우 양, 진정하세요!"

내가 짜증나서 큰 소리를 지르자, 루카가 달랬다.

그리고 여러 마녀가 히히힛, 거슬리는 웃음소리를 냈고 우리가 발끈하며 올려다보고 있던 와중에 뒤에서 머리 위를 넘어간 물체가 한 마녀에게 꽂혔다.

대미지를 입히긴 한 모양인데, 마녀들이 전체적으로 HP를 공유하고 있는지 한 마리씩 쓰러뜨릴 수가 없었다.

"정말, 방어선을 여러 개 마련해두었으니 걱정할 필요가 없다고 한 게 누구였지? 간단히 돌파당했잖아."

"너무 그러지 마, 윤 군. 이번에는 어쩔 수 없어. 그건 그렇고 조금이라도 숫자를 줄이자."

방어 대상인 주요 건물에 모여 있던 윤 오빠가 활로 날린 원호사격과 마기 씨의 투창 투척이 차례차례 하늘 위에 있던 마녀들에게 날아갔다.

윤 오빠와 마기 씨의 물리 공격은 마법 방어가 뛰어난 마녀들에게 효과적이긴 했지만, 좀 전에 날린 공격을 보고 경계했는지 화살과 투창 공격을 우선적으로 피했기에 척 보기에도 명중률이 떨어지는 것 같았다.

그런 반면, 우리의 마법은 회피 우선순위가 낮기 때문에 맞게 되었고, 조금씩 대미지를 축적시켜나갔다.

"좋았어, 이대로 밀어붙일 수 있겠다!"

그렇게 생각하고 있자니 마녀들의 움직임이 변했다.

지금까지는 우리를 부추기려는 듯이 빗자루를 타고 하늘을 날아다니고 있었는데, 갑자기 까만 로브 안에서 일제히 짧은 지팡이를 꺼낸 뒤 마을을 향해 휘둘렀다.

그 지팡이 끄트머리에서 하얀빛이 뿜어져 나왔고, 공중에서 여러 개로 분열되었다.

속도가 느린 하얀빛이 마을 곳곳에 쏟아져 내렸고, 야외에 놓여 있던 바구니와 농기구 같은 오브젝트에 맞자 변화가 생겨났다.

순간적으로 하얀 안개에 둘러싸인 오브젝트가 어떤 형태를 띠고 움직이기 시작했다.

"……트럼프 병사?"

팔랑거리는 사람 크기의 트럼프 카드에 가는 팔다리가 돋아났고, 창을 든 트럼프 병사 모습으로 변했다.

그밖에도 오브젝트에 걸린 마법으로 인해 아랍 분위기의 도적이나 두 다리로 걸어 다니는 늑대인간, 호피 무늬 천을 걸친 도깨비, 요괴 등, 약간 변형을 가해 느긋해 보이고 약해 보이는 적 MOB들이 나타나 플레이어들과 전투를 벌이기 시작했다.

"……보스의 이름인 [페어리테일 위치]를 직역하면 동화의 마녀네요."

"그렇다면 불러낸 부하들은 동화 관련 MOB들이겠구나."

토비가 단도로 차례차례 트럼프 병사의 몸을 잘라내 원래 모습인 오브젝트로 되돌렸고, 호박이 변해 마을 주요시설을 향해 돌격해오던 폭주 마차를 히노가 정면에서 큰 망치로 두들겨 멈춰 세웠다.

통일된 느낌이 없이 제각각인 동화 MOB들을 쓰러뜨리면서 틈을 봐서 하늘 위에 있던 마녀들에게 공격을 가했다.

"후후훗, 이 MOB들을 보고 있으니 왠지 점점 의욕이 떨어지네요."

"리레이. 정신 차리랑께! 약하고 손맛이 없긴 한디, 그래도 적이어야!"

코하쿠가 그렇게 말하며 차례차례 마법을 날려 동화 MOB을 쓰러뜨려나갔고, 반쯤 반복 작업 같은 느낌이 되었다.

마을 주위에서 방어선을 치고 있던 플레이어들도 제2마을로 돌아와 마을 곳곳에서 시가전을 벌이던 와중에 하늘 위에 있던 마녀들이 새로운 공격을 가했다.

지팡이를 들어 올리고 하늘 위로 날린 마법은 붉은빛 같았다.

마녀가 날린 마법이 하얀빛과 마찬가지로 분열되어 마을에 쏟아져 내렸다.

이번에는 어떤 오브젝트가 변하나 싶어서 긴장했는데, 그 공격은 플레이어들을 향해 날아들었다.

"이번에는 직접 공격인가요!"

하얀빛과 마찬가지로 속도가 느려서 피할 수는 있다. 그리고 유도 성능이 약간 있는 붉은빛을 가볍게 피하던 와중에 루카는 바스타드 소드 측면으로 막아내는 방법을 선택했다.

"――윽?! 뭐죠?!"

"루카?!"

바스타드 소드로 막아낸 줄 알았던 붉은빛 마법은 루카의 검에 달라붙은 다음 곧바로 검을 타고 루카 쪽으로 뻗어나갔다.

바스타드 소드를 늦게 놓아서 손목이 마법으로 감싸인 순간, 붉은빛 마법이 새까맣게 변했고 까만 안개가 되어 루카의 온몸을 감쌌다.

"……지금, 구해드릴―― 윽?!"

루카를 구하려고 까만 안개 쪽으로 손을 뻗은 토비가 까만 안개에 닿은 순간, 루카와 마찬가지로 까만 안개에 몸이 휩싸였다.

함부로 손을 댔다가는 마법의 2차 피해를 입을 수도 있었기에 나는 그 광경을 보면서도 루카와 토비가 무사하길 빌 수밖에 없었다.

그리고 까만 안개가 걷히고 나니——.

"어떻, 게…… 어? 아, 꺄아악?!"

"이게 어떻게 된 거죠?"

토비는 자신의 이마에 손을 대고 자신의 변화를 확인한 뒤 귀여운 비명을 질렀고, 루카는 자신의 변화로 인해 당황하고 있었다.

"루카, 토비, 그 모습은…….."

"후후훗, 이 이벤트는 신이네요!"

멍해진 히노와 기뻐하며 의욕을 보이는 리레이.

암살자 느낌인 타이즈 사양 장비와 새빨간 머플러를 두르고 있던 토비의 모습이 변했다.

빛나는 보석이 박힌 티아라를 머리에 쓰고 등이 다 드러난 푸른색 기반 드레스와 유리 구두를 신은 자신의 모습을 보고 깜짝 놀란 토비가 주저앉아버렸다.

"……이렇게 귀여운 옷은 저한테 어울리지도 않고, 창피해요."

"동화를 모티브로 삼은 장비로 강제 전환시키는 모양이네요. 원래 장비는 인벤토리 안에 들어간 것 같아요."

혼란과 창피함으로 인해 몸을 떨고 있는 토비와는 달리 냉정하게 상황을 분석하고 있는 루카의 모습은 신사 같은 곳에서 볼 수 있는 전통 무녀복, 그리고 머리에는 태양 모양 금빛 머리장식을 쓰고 있었다.

바스타드 소드는 그대로 장비하고 있어서 어울리지 않는 모습이었다.

"유리구두를 신은 걸 보니 토비는 신데렐라인가? 그리고 루카는 어떤 동화지?"

"신화 아니여? 아마테라스라든가."

그렇게 말하고 마법을 날리며 이야기에 끼어드는 코하쿠.

드레스 차림으로 주저앉은 토비를 아마테라스 의상을 입은 루카가 지켜주고 있었다.

루카는 바스타드 소드를 휘두르며 토비에게 다가오는 동화 MOB을 떨쳐내고 있었는데, 약간 위화감이 들었다.

"하얏! 야압!"

"루카, 혹시 공격력이 떨어졌어?"

"그래요. 움직이는 게 좀 불편하고, 무엇보다 강제로 장비가 바뀌어서 모든 스테이터스가 떨어진 것 같아요."

진지하게 대답하는 루카의 이야기를 듣던 한편, 다시 하늘 위에 있던 마녀들의 붉은빛이 하늘 위를 비추었다.

"다들 조심해! 제2파가 온다!"

히노가 경고하자, 나는 마법 공격을 멈추고 회피에 전념

했다.

쏟아져 내리는 장비 변경 마법으로 인해 차례차례 동화를 모티브로 삼은 장비를 입게 되어 약해진 플레이어들.

주위를 둘러보니 타쿠 씨네 파티도 장비변경 마법을 맞고 모두의 모습이 변해 있었다.

타쿠 씨는 등에 하얀 세로 깃발을 짊어지고 겉옷 같은 걸 걸친 채 장검 두 자루를 휘두르고 있었다. 그 주위에는 격투가인 간츠 씨가 원숭이 인형옷, 성직자인 미니츠 씨가 개 모양 인형옷에 만들어서 붙인 것 같은 꼬리, 꼬마 마녀 마미 씨는 하얀 학교 수영복 같은 옷에 꿩 날개 같은 망토가 등과 팔에 달려 있었고 머리에는 부리를 모티브로 삼은 것 같은 모자를 쓰고 있었다.

그리고 무엇보다 눈에 띄는 것은 장비 강제변경 마법으로 인해 상반신은 알몸, 호피 무늬 팬티에 가시 달린 쇠몽둥이, 이마에 뿔이 달린 도깨비 차림인 회색 전사 케이 씨였다.

"──하아아아앗!"

"오~, 대단하네. 도깨비가 도깨비를 퇴치하고 있어."

아마 타쿠 씨네 파티는 모모타로를 모티브로 삼은 장비인 것 같은데 좀 느슨해 보이는 도깨비 동화 MOB과는 달리 케이 씨의 장비는 꽤 박력이 있었다.

"큭, 어째서 내가 이런 꼴이 된 건데!"

"뭐, 모모타로의 배역을 따지면 모모타로하고 개, 원숭이, 꿩하고 도깨비지."

"다른 것도 있잖아! 할아버지라든가!"

도깨비 차림이 불만스러운 듯한 케이 씨는 화풀이를 하려는 듯이 동화 MOB를 해치우고 있었다.

그밖에도 여러 가지 동화와 신화 같은 장비로 바뀐 플레이어들이 있었고, 즐거워 보였다.

플레이어들도 질 수 없다는 듯이 마녀들에게 반격을 가해 착실하게 대미지를 축적해나갔다.

차례차례 붉은빛이 날아드는 와중에 나는 계속 피하면서 덤벼드는 동화 MOB을 스쳐 지나가며 베어나갔다.

마녀가 날리는 장비를 강제변경시키는 붉은빛을 한 번 맞으면 까만 안개로 둘러싸인 뒤 장비가 동화를 모티브로 한 것으로 바뀌고, 두 번째 이후로는 대미지를 입는 모양이었다.

그 붉은빛을 끝까지 피하지 못하고 히노, 코하쿠, 리레이도 모습이 바뀌었다.

"흐앗?! 나는 빨간 두건이네!"

"내는 뭐당가? 전통 복장인 거 보니 카구야 공주여?"

"후후훗, 저는 늑대인 모양이네요."

히노는 빨간 두건에 빨간 원피스, 하얀 앞치마를 두른 빨간 두건 코스튬이었다.

큰 망치를 들지 않은 쪽 손으로는 프랑스 빵과 와인이 들어 있는 바구니를 들고 있었다.

그 다음으로 코하쿠는 무거워 보이는 기모노와 달을 모티브로 삼은 액세서리를 걸친 모습이었다.

움직일 때는 기모노를 질질 끌듯이 움직이는데, 보기에만 그렇고 스테이터스 저하 말고 다른 제한이 걸린 것 같지는 않았다.

마지막으로 리레이는 굳이 말할 필요도 없이 유명한 동화의 악역, 늑대 코스튬이었다.

늑대 모피로 만든 인형옷은 모피 망토와 일체형이었고, 그 안에는 까만 비키니와 미니 스커트 차림이었다.

우리 파티 중에서 가장 노출이 많은 모습인데도 불구하고 리레이는 창피해하기는커녕 즐거운 것 같았다.

"후후훗, 그러니까 이건 늑대가 되어서 미소녀들을 잡아 먹어버리라는 운영 쪽의 계시인 거죠!"

"반대로 이 사람은 늑대니께 조심하라고 주위 사람들한테 경고하는 건지도 모르제."

모여든 동화 MOB에게 마법을 날린 코하쿠는 리레이를 흘겨보고 있었다.

그런 두 사람의 이야기를 들으면서 점점 동화 코스튬으로 변해가는 플레이어들을 보고 나는 초조해졌다.

붉은빛을 피하는 건 게임으로 따지면 올바른 행동이지만, 혼자만 변하지 않은 모습으로 싸우자니 소외감이 느껴졌다.

"…………."

나는 뭔가 없을까 생각하며 주위를 둘러보았고, 아직 신데렐라 의상에 익숙하지 않아서 우물쭈물거리며 창피해하는 토비에게 새로운 붉은빛이 날아들고 있었다. 하지만 토비는 창피해하고 있어서 눈치채지 못했다.

나는 그 붉은빛 앞으로 뛰어들었다.

"토비, 위험해~!"

좋아, 이제 감싸준 것처럼 하면서 합법적으로 동화 코스튬이 될 수 있겠다. 어떤 코스튬으로 변하려나, 그렇게 생각하며 실룩거릴 뻔한 입가에 억지로 힘을 주며 붉은빛이 닿는 것을 기다렸다.

그리고——.

"하앗!"

히노가 옆에서 휘두른 큰 망치가 붉은빛을 때리자 색이 푸른색으로 변했고, 그 공격을 날린 마녀 쪽으로 날아가 대미지를 입혔다.

"붉은빛 공격은 베거나 때리면 튕겨낼 수 있구나!"

"히노……."

나는 불만이라는 표정을 지으며 마법을 튕겨낸 히노를 바라보았다.

그리고 내 반응을 본 직후, 뭘 하려고 했는지 눈치챈 히노는 껄끄럽다는 표정을 지었고, 다른 사람들은 나와 히노 사이에 흐르는 미묘한 분위기를 눈치챘다. 그리고 다음에 붉은빛이 날아오자 나는 딱히 피하려 하지 않았고, 히노도 튕겨내려 하지 않았다.

그리고 나는 붉은빛에 맞아 까만 안개에 휩싸였다.

"으아~, 마법을 맞아버렸어."

솔직히 내가 생각해도 뻔한 연기를 하는 것처럼 말하면서 변한 내 모습을 확인했다.

의상은 파란 상의에 노란색 치마, 그리고 큼직하고 빨간 리본.

내 머리에 달려 있던 꽃 모양 머리장식은 사과를 모티브로 한 장비로 변했다.

그렇다, 백설공주 코스튬이었다.

"……이름이 흰색 계열이긴 한데, 색도 흰색이었으면 더 좋았겠다."

내 생각대로 잘 되진 않네, 그렇게 생각하며 치맛자락을 살며시 잡았다.

많은 플레이어들이 동화 코스튬 차림으로 변했고, 히노가 그랬던 것처럼 하늘 위를 날아다니는 마녀를 공격할 수단을 알아냈기에 플레이어들의 반격이 시작되었다.

●

마녀들에게 대미지를 축적시켜나가다 보니 오브젝트를 MOB으로 바꾸는 하얀빛과 플레이어의 의상을 강제로 변경시키는 붉은빛이 대량으로 쏟아져 내렸다.

대미지를 많이 입힐수록 마녀들의 공격이 더욱 치열해졌다.

"하앗, ──《피프스 브레이커》!"

그리고 지상에 있던 우리는 그것을 튕겨내고 없앴다.

하얀빛은 오브젝트에 닿기 전에 베어서 소멸시키고, 붉은빛은 튕겨내어 푸른빛으로 바꾼 다음 마녀들을 향해 쳐냈다.

하지만 마녀들도 튕겨낸 푸른빛을 쉽게 맞아주지는 않았다. 때로는 피하고, 가끔은 속도를 높여 붉은빛으로 바꾼 뒤 다시 쳐냈다.

멀리서 보면 제2마을 하늘 위에서 하얀색과 붉은색, 푸른색 빛의 랠리가 오가고 있었을 것이다.

그리고 내가 받아친 푸른빛이 한 마녀에게 맞아 대미지를 입혔다.

♫──이히히히히힛!♫

계기가 뭔지는 모르겠지만 아마 전체적으로 입은 대미지가 일정 이상 축적되었기 때문일 것이다.

마녀다운 웃음소리를 제2마을 하늘 위에 울린 그녀들이 자신들이 날린 빛이 되돌아오는 와중에 구체 모양 장벽을 전개했는지 우리의 공격이 닿기 전에 흩어졌다.

그리고 다섯 그룹으로 나뉘어 제2마을 바깥으로 도망치기 시작한 마녀들.

그리고 그와 동시에 마을 전체에 퍼져 있던 동화 MOB들이 갑자기 멈추더니 차례차례 원래 모습인 오브젝트로 돌아갔다.

"이제 끝난 건가요?"

"그건 아닐 것 같은데. 방어 퀘스트의 승리 조건이 [페어리테일 위치]의 전멸이니까."

분명 뭔가를 꾸미고 있을 거다. 그렇게 말한 우리 앞에서 마녀의 웃음소리가 마을 전체에 울려 퍼졌다.

그 목소리가 생겨난 곳을 올려다보니 마을 바깥으로 도망친 마녀들이 그룹별로 모여 빗자루로 원을 그리는 듯이 회전하고 있었고, 점점 속도가 빨라지자 까만 고리가 하늘 위에 생겨났다.

그 고리는 점점 크게 부풀어 올랐고, 마녀 열 명을 소재로 삼아 만든 거대하고 까만 덩어리가 찰흙을 주무른 것처럼 생겨나 어떤 형태를 만들어냈다.

그것은 드래곤이었다. 비늘이 새까만 서양 용 형태였고, 흰자와 검은자가 없는 녹색 눈동자, 그리고 뿜어내는 불꽃도 마찬가지로 녹색이었다.

목에서부터 배까지 비늘로 덮여 있지 않은 부분이 보라색인 드래곤 다섯 마리가 피막을 펼치며 포효했는데, 그 모습과 울음소리는 왠지 인공적인 느낌이 들었다.

그리고 그 적 MOB의 이름은── [페어리테일 위치 드래곤]으로 변했다.

"뭐, 오브젝트를 적 MOB으로 바꾸고 플레이어의 장비도 바꿀 정도니까 자기자신이 변신하더라도 이상하진 않……은가?"

그렇게 말하고 나서 곧바로 제2마을을 둘러싸는 듯이 나타난 가짜 용 다섯 마리를 향해 달려가는 플레이어들과 마찬가지로 나도 그중 한 마리에게 향했다.

"그건 그런데, 짝퉁 드래곤 다섯 마리에게 덤비는 이야기 캐릭터라니, 참말로 신기한 느낌이제."

샘의 여신님과 나무꾼 의상을 입은 플레이어가 각자 금도끼와 은도끼를 휘둘러 가짜 용의 앞다리를 내리찍었고, 개구리 슈트를 입고 왕관을 쓴 남자 플레이어와 피터팬 모습인 여자 플레이어가 가짜 용의 측면에서 레이피어로 찌르기를 날렸다.

그밖에도 옛날이야기에 나오는 왕자와 공주들이 나쁜 마녀가 변신한 드래곤에게 무기를 휘둘렀고, 옛날이야기에 나오는 조역들이 후방에서 마법을 날렸다.

꽤 비현실적인 광경 안에는 물론 우리도 포함되어 있었다.

"자, 간다! ──《솔 레이》!"

나는 왼손을 들어 올리고 수렴광선 마법을 가짜 용의 얼굴에 날렸다. 그와 동시에 코하쿠와 리레이도 각자 특기인 마법을 사용하며 공격하는 와중에──.

"적의 브레스가 와요!"

입에서 까만 불꽃을 내쉬며 브레스 공격 예비 동작에 들어간 가짜 용 앞으로 뛰어나간 루카.

우리가 루카의 뒤로 재빠르게 움직인 것과 동시에 가짜 용이 브레스를 날렸다.

"하앗——《쇼크 임팩트》!"

루카는 내려친 바스타드 소드로 날아드는 까만 불꽃 브레스를 가르며 그 공격을 막았다.

하지만 가짜 용의 공격은 그게 끝이 아니었다.

까만 불꽃 브레스로 인해 가려진 시야 바로 옆에서 가격하는 듯이 꼬리가 날아들었다.

그 일격은 갑작스럽게 나타난 것 같은 착각이 들 정도였고, 많은 플레이어들이 휩쓸리는 가운데 빨간 두건 차림인 히노가 까만 불꽃의 영향이 남아 있는 범위로 한 발짝 발을 내디디며 큰 망치를 휘둘렀다.

"——《임팩트》!"

가장 빠른 타격기로 거대한 질량을 지닌 꼬리에 맞서려 했지만, 막아낸 것은 한순간에 불과했고 꼬리로 인해 반대쪽으로 히노의 작은 몸이 날아가 버렸다.

"——《하이 힐》! 히노! 나이스!"

나는 꼬리 타격을 피하며 공중에서 낙법을 한 히노에게 회복마법을 걸었다.

히노가 시간을 벌었기에 루카가 아츠를 발동시킨 다음 생긴 약간의 경직시간이 풀려서 방어자세를 취할 수 있게 되었다.

그대로 놔두었다간 공격한 직후의 무방비한 루카가 가짜 용의 꼬리를 맞고 꽤 큰 대미지를 입었을 가능성이 있다.

그리고 그 공격은 내게 기회인 것 같았다.

"……윽?! 뮤우 양이 없네!"

가장 먼저 눈치챈 것은 토비였다.

토비는 회복마법을 사용한 직후에 자취를 감춘 나를 찾다가 까만 불꽃이 걷힌 뒤에 나를 발견했다.

"윽?! 뮤우, 니 왜 그란데 있는 거여?"

어이가 없다는 듯한 코하쿠의 목소리가 울리는 와중에 내가 있는 곳은 가짜 용의 꼬리 위였다.

히노의 아츠와 동시에 한 손 검을 찔러서 뛰어오른 뒤 곧바로 가짜 용의 꼬리 위에 섰다. 그리고 두꺼운 꼬리에서 검을 뽑아들고 나서 단숨에 가짜 용의 등을 향해 뛰어갔다.

"이대로 용의 등에 일방적으로 공격을 가할 거야!"

노릴 곳은 가짜 용의 목덜미 근처. 그곳에 아츠를 때려 넣는다.

플레이어들이 날리는 마법이나 아츠의 여파로 인해 가짜 용의 거대한 몸이 흔들렸지만, 그럼에도 불구하고 착실하게 등을 뛰어 올라갔는데——.

『——이히히히히힛!』

"마녀?! 꺄악!"

내가 뛰어 올라간 용의 등쪽 비늘 내부가 부풀어 올랐고 까만 로브 차림 마녀의 상반신으로 변한 다음 내민 짧은 지팡이로 내게 마법을 날렸다.

한 손 검의 측면을 방패삼아 재빨리 붉은 마법의 충격을 줄였지만, 의상 변경 마법을 두 번 이상 맞았기 때문에 대미지를 입었다.

"그렇지. 드래곤 모습이라 해도 진짜 드래곤인 건 아니니까. 마녀가 변신한 모습이니 이럴 수도 있구나."

나는 입가에 미소를 지으며 그렇게 중얼거린 다음 다시 무기를 겨누었다.

"자, 어떻게 쓰러뜨릴── 윽?! 크윽!"

나는 불안정한 가짜 용의 등에서 옆으로 뛰며 공격을 맞기 직전에 피했지만, 피한 곳에서 다시 붉은빛을 맞아 버렸다.

"──《하이 힐》."

그리고 내 눈앞에 펼쳐진 것은 가짜 용의 등에서 상반신만 모습을 드러낸 마녀 열 명이었다.

가짜 용을 만들어내기 위해 변신한 마녀들이 각자 내게 짧은 지팡이를 내밀고 있었다.

"이런, 혼자서 너무 앞으로 나섰네."

좌우, 지그재그로 달리며 붉은빛을 계속 피했는데, 조금씩 나아가는 가짜 용이 마을의 주요시설을 향하고 있었다. 용의 등에서 뛰어내려 태세를 바로잡을까 하는 생각도 들었지만, 시간 손실을 막기 위해 억지스럽게나마 돌파하기로 했다.

"우선 한 마리, 그 다음에는──《솔 레이》!"

가장 가까운 곳에 있던 마녀를 베어서 쓰러뜨린 다음 멈춰 서서 두 번째 마녀에게 수렴광선 마법을 날려 쓰러뜨렸다.

가짜 용을 만들어낸 마녀의 상반신은 용 자체를 공격하는 것보다는 대미지가 큰 것 같은데, 쓰러뜨리자 다른 곳이 부풀어 올라 모습을 드러냈다.

"부활도 해?! 죽순처럼 불쑥불쑥 나오지 마!"

아무리 그래도 한없이 나온다면 답이 없다. 그런데 다른 플레이어들도 꼬리를 타고 가짜 용의 등으로 올라왔고, 등에 있는 마녀를 노리는 마법도 날아들고 있었다.

"여러분, 뮤우 양을 원호해요!"

"정말, 뮤우는 항상 무리한다니까. 하지만 싫지는 않아!"

루카와 히노가 다른 플레이어들과 함께 가짜 용의 정면에 서서 날아드는 앞발의 발톱에 맞춰 무기를 휘둘러서 오히려 그 발톱을 부쉈다.

그리고 토비는 여전히 드레스 차림인 채로 뛰어가 가짜 용의 비늘로 덮여 있지 않은 배 같은 곳을 단도로 베고 있었다.

리레이와 코하쿠도 왼쪽으로 돌아가 용의 머리에 끊임없이 마법을 퍼부었다.

이대로 가면 이길 수 있을 것 같다. 내가 그렇게 생각했을 때 갑자기 몸이 공중에 뜬 듯한 느낌이 들었고, 꼬리가 날아들었을 때처럼 재빨리 용의 등에 한 손 검을 깊숙이 찔렀다.

그러자 가짜 용이 갑자기 날개를 펼쳤고, 그 모습을 보고 깜짝 놀랐다.

진짜 드래곤과는 달리 날아오를 것 같지는 않았다. 하지만——.

"설마, 점프해서 떨쳐낼 생각이야?"

높게 날지는 못하지만, 날개를 써서 힘껏 뛰어오른 다음 낙하의 충격으로 주위에 모여 있는 플레이어들과 등에 타고 있는 플레이어들을 떨쳐낼 생각인 걸까.

내가 예상했던 것처럼 날개를 펼치고 지면을 향해 퍼덕이자 몸이 살짝 떠올랐다. 이런 공격을 하게 내버려 두면 가짜 용 근처에 있는 루카와 다른 사람들이 위험하다.

"그렇게 두진, 않을 거야! 하아아아앗——《피프스 브레이커》!"

나는 불안정한 용의 등을 뛰어가며 상반신만 드러나 있는 마녀들이 날린 마법을 맞는 것도 아랑곳하지 않고 왼쪽 날개로 다가가 아츠를 날렸다.

날개 부분을 부수기 위해 날린 5연속 참격 아츠는 발치가 불안정한 탓과 움직이는 날개의 풍압 때문에 절반 정도밖에 맞지 않았다.

다섯 번 중 세 번의 참격으로 피막에 상처를 입히고, 골격에 대미지를 주고, 날개 뿌리 쪽에 일격을 가했지만, 그럼에도 불구하고 가짜 용의 움직임을 멈출 수는 없었다.

조금 더 공격할 필요가 있다. 그렇게 생각하고 있자니 멀리 보이는 마을 가운데 근처에서 무언가가 반짝였다.

그것은 하늘 위로 높게 솟구쳤고 낙하로 인해 가속하며 가짜 용의 피막을 위에서 꿰뚫은 다음 구멍을 뚫었다.

『──히히힛?』

등에 소나기처럼 쏟아져 내리는 화살이 가짜 용의 피막에 구멍을 뚫었고, 상반신을 드러내고 있던 마녀들 위에서 정확하게 덮쳤다.

"곡사?! 이런 공격을 할 수 있는 건!"

그 직후, 내 프렌드 통신에 연락이 왔기에 서둘러서 띄웠다.

『정말, 뮤우는 왜 그런 곳에 있는 거야?』

"윤 언니?!"

나는 처음 화살촉의 빛을 본 곳을 잘 살펴보았다.

그곳은 마을의 방어 거점인 주요건물 중 하나의 지붕 위였고, 윤 오빠가 활을 비스듬히 들어 올린 뒤 차례차례 화살을 날리는 모습이 보였다.

그 모습은──.

"파란색에 새하얀 드레스 같은데?"

『……아무 말도 하지 마.』

불만인 것 같은 윤 오빠의 목소리를 듣고 나는 마녀들의 붉은빛을 맞고 장비가 바뀌었을 것 같다고 생각하며 다시 상황을 확인했다.

윤 오빠의 원호사격으로 인해 가짜 용이 날개와 등을 공격당하자 뛰어오르는 것을 멈추고 땅을 약간 울리기만 했다. 하지만 다시 뛰어오르기 위한 날개는 건재했기에 나는 그것을 박살 내러 나섰다.

"그럼 다시——《피프스 브레이커》!"

제대로 허리를 숙여서 발치가 불안정한 곳에서도 충분히 강한 공격을 할 수 있게끔 자세를 취한 뒤 참격을 날렸다.

그리고 내 아츠가 결정타가 되어 왼쪽 날개가 통째로 잘려나갔고, 빛의 입자가 되어 흩어졌다.

그로 인해 좌우 균형이 무너진 가짜 용이 약간 왼쪽으로 넘어진 모양새가 되었고, 비늘이 없는 배를 드러내고 있었다.

나는 천천히 쓰러지는 가짜 용 등에서 옆구리를 향해 달려간 다음 드러난 배 바로 위에 멈춰섰다.

그리고 지금부터 할 일을 상상하니 웃음이 나왔다.

"하나~ 둘~!"

약간 드러난 배의 가장자리에 한 손 검을 깊숙하게 찌른 뒤 칼자루를 쥔 채로 옆구리에서 뛰어내렸다.

낙하와 내 몸무게로 인해 박힌 한 손 검이 가짜 용의 배를 넓게, 힘차게 갈랐다.

『GYAAAAA——.』

배를 가르자 가짜 용이 비명을 질렀지만, 배 가운데쯤에서 그 기세가 멈추었기에 나는 매달려 있는 상태가 되었다.

"어라? 더 이상 벨 수가 없네."

"뮤우! 손을 놔!"

나는 아래쪽에서 히노와 토비가 달려오는 것을 보고 한 손 검에서 손을 놓았다.

낙하하는 것과 동시에 가짜 용의 배를 걷어차고 [행동제한해제] 센스를 사용해 공중에서 자세를 취하며 지면으로 떨어졌다.

지상에서는 두 손으로 깍지를 끼고 발판을 만든 토비를 점프대 삼아 높게 뛰어오른 히노가 큰 망치를 들어 올리며 나와 교대하는 것처럼 가짜 용의 배로 향했다.

"——《브레이크 해머》!"

큰 망치로 한 손 검을 더욱 깊숙이 박아 넣자 가짜 용이 괴로워하며 고개를 위쪽으로 치켜든 다음 힘없이 지면으로 늘어뜨렸다.

가짜 용의 HP는 아직 남아 있었기에 몸 곳곳에서 마녀들이 상반신을 내밀며 주위를 공격했지만, 코하쿠와 리레이 같은 마법사들이 마법으로 맞서면서 두더지 잡기 게임을 하는 것처럼 나타났다 사라지는 마녀들을 계속 공격했다.

그리고 가짜 용의 정면에——.

"가짜이긴 하지만 드래곤이죠. 사냥하도록 하겠습니다. ——《그랜드 슬래시》!"

등에 짊어지는 듯이 들어 올린 바스타드 소드가 가짜 용의 목에 강력한 풍압과 풍격을 머금은 강렬한 일격을 가했고, HP를 대폭으로 깎아낸 그 공격이 결정타가 되었다. 그런데 까만 연기를 뿜어내며 마녀들이 다시 나타났다.

만신창이가 되어 우리를 공격하지도 않고 그저 힘없이 빗자루를 타고 도망치려던 마녀들이 차례차례 쓰러졌고, 첫 번째 가짜 용이 쓰러졌다.

"좋았어! 나머지 네 마리! 얼른 쓰러뜨리자!"

루카 일행과 합류하는 우리는 곧바로 아직 쓰러지지 않은 가짜 용을 잡는 것을 도와주러 향했다.

●

우리는 첫 번째 가짜 용 [페어리테일 위치 드래곤]을 쓰러뜨린 다음에 다른 곳을 도와주러 갔다. 도착한 직후에 두 번째 가짜 용이 쓰러져서 전투에 참가하지 못했고, 세 번째 가짜 용을 잡는 것을 도와주러 갔을 때는 마법으로 일격을 가하기만 하고 다른 곳으로 향했다.

마지막 한 마리는 완전히 도마뱀에 개미들이 몰려드는 것 같은 상황이라 선착순으로 HP 쟁탈전을 벌이는 형태로 제2마을 방어 퀘스트가 끝났다.

──제2마을 방어 퀘스트, 승리 조건 [페어리테일 위치의 전멸]로 인해 퀘스트가 달성되었습니다. 퀘스트 달성 보수는 메뉴에서 받을 수 있습니다.

전투가 끝난 뒤 알림이 뜨자 겨우 퀘스트를 마쳤다며 안심하고 히노, 리레이와 등을 맞댄 채 주저앉았다.

"피, 피곤해. 설마 마지막에 그렇게 진흙탕 싸움을 벌이게 될 줄이야……."

그렇게 말하며 한숨을 쉬는 히노.

나머지 가짜 용을 쓰러뜨리기 위해 다음 적이 있는 곳까지 재빨리 달려갔는데, 금방 쓰러져서 다시 모두 함께 뜀박질을 하게 되었다.

그게 여러 번 반복되었고, 마지막 가짜 용을 쓰러뜨릴 때는 플레이어들이 안심해서 그런지 공격을 대충 가했다. 그 결과 가짜 용으로 변신했던 마녀들이 도망칠 틈이 생겨서 계속 쫓아다니게 되었다.

중간에 마을 가운데 부근에서 화살 원호공격을 해주기도 했는데, 플레이어들이 그것을 피하면서 얼마 남지 않은 마녀들에게 몰려들었기에 서로 방해하며 쓸데없는 시간이 걸렸다.

"자~, 기대하던 퀘스트 보수 확인 시간이야!"

나는 메뉴를 띄우고 퀘스트 달성 보수를 확인한 뒤 첨부되어 있던 메시지를 읽었다.

"어디 보자. ──『제2마을 방어 퀘스트 달성 보수는 10만 G, [방어 훈장], [이상한 마녀의 지팡이]』라는데."

주요 아이템인 [방어 훈장]은 뱃지형 액세서리로 방어력과 HP를 상승시켜주는 효과가 있는 레어 액세서리인데 쓸 일이 없을 것 같으니 수집용 아이템이 될 것 같다.

그리고 다른 주요 아이템인 [이상한 마녀의 지팡이]는 사용 횟수가 정해져 있고 회복도 되는 장난용 아이템인 모양이었다.

최대 30번까지 쓸 수 있고 하루에 한 번 회복되는 짧은 지팡이형 아이템. 대상 아이템에 지팡이를 가져다 대면 과자 계열 식량 아이템으로 바꿔주는 효과가 있다.

기본적으로 10번 충전되어 있었기에 나는 아이템을 적당히 꺼내보았다.

"자, 이 철광석에 지팡이를 가져다 대면…… 오옷?! 트뤼플 초콜릿이 되었어!"

손바닥 위에 얹혀 있던 큼직한 철광석 덩어리가 작은 트뤼플 초콜릿으로 변하자 바로 입안에 넣었다.

맛은 평범한 트뤼플 초콜릿이었지만 지친 상황에 단것을 먹으니 약간이나마 치유되는 기분이 들었다.

"또 재미있는 아이템을 보수로 받았네요. ……어라? 메시지가 계속 이어지는데요."

루카는 내가 쓴 [이상한 마녀의 지팡이]를 들여다보면서 메시지 뒷부분을 읽었다.

"음――『방어 퀘스트 중에 [페어리테일 위치]의 마법을 맞고 장비가 변경된 플레이어는 이벤트가 끝난 뒤 30분 동안 장비가 고정되며, 그 이후로 그 장비를 아이템으로 다시 사용할 수 있게 됩니다』, 그렇다면."

내가 메뉴에서 장비 중인 아이템을 확인해보니 [동화 코스프레 세트 (백설공주)]라는 장비로 고정되어 있었고, 그 옆에서 장비가 해제되기까지 남은 시간이 카운트다운되고 있었다.

"그럼 아이템으로 쓸 수 있다니까 나중에 장비를 교환해서 즐길 수도 있겠네!"

"후후훗, 그리고 그대로 그 동화의 캐릭터를 연기하는 것도 괜찮을 것 같아요."

"리레이. 늑대는 보통 퇴치당하는 역할인디……."

팔짱을 끼고 리레이를 흘겨보는 코하쿠.

그런 우리를 멀리서 손을 흔들며 부르는 목소리를 들어서 그쪽을 보니 보라색과 분홍색 줄무늬가 들어간 모피 글러브와 부츠, 고양이 귀를 장착한 마기 씨가 미소를 지으며 누군가의 손을 잡아당기고 있었다.

그런데 손을 잡힌 사람은 건물 그늘 밖으로 나오고 싶지 않은지 저항하고 있는 것 같았다. 그밖에도 토끼 귀에 조끼를 입고 회중시계를 든 리리 군, 찻잔과 쟁반을 들고 가격표가 붙은 멋진 녹색 모자를 쓴 클로드 씨도 모습을 드러냈다.

그리고 마기 씨에게 손을 잡힌 채 우리 앞으로 온 것은 가짜 용의 등에서 봤던 드레스 차림 윤 오빠였다.

"우와앗, 윤 언니. 앨리스네!"

하늘색 원피스에 하얀 앞치마를 두르고 긴 양말을 신은 윤 오빠가 창피하다는 듯이 고개를 숙이고 있었다.

고개를 숙이고 있어서 윤 오빠가 머리에 달고 있는 카추샤 리본이 귀엽게 흔들리고 있었다.

"왜 내가 이런 꼴이……."

"역시 그때 그 사람이 윤 언니였어. 그래, 앨리스구나."

"뭐, 뭐야……."

마기 씨가 체셔 고양이, 리리 군은 흰토끼, 클로드 씨가 모자장수, 그리고 윤 오빠가 앨리스, 그렇게 '이상한 나라의 앨리스'로 통일되어 있으니 더 재미있는 것 같다.

내가 위아래를 훑어보자 윤 오빠는 창피하다는 듯이 치마 앞을 누르며 한 걸음 물러섰다.

그건 그렇고 하늘색 원피스에 하얀 앞치마…… 하얀…….

"응! 윤 언니의 앨리스 의상하고 내 백설공주 의상을 교환해줘! 하얀 앞치마가 귀여우니까."

"뭐어?! 어째서. 아니, 왜 교환하는데?! 가지고 싶으면 그냥 줄 텐데."

아무리 필요 없다고 해도 그냥 받기만 하면 재미가 없다.

"나는 앨리스 옷을 입어보고 싶어! 그리고 윤 언니의 백설공주 차림도 보고 싶어!"

"전자는 허락하겠지만, 후자는 그러고 싶지 않아!"

윤 오빠가 있는 힘껏 거부하며 뒤로 살며시 물러섰지만, 나는 그런 윤 오빠를 쫓아가기 위해 허리를 숙였다.

"조, 좀 봐주라!"

"거기 서어! 앨리스 옷 내놔! 백설공주 옷 입어어!"

도망치는 윤 오빠와 쫓아가는 나.

그런 우리 남매의 모습을 즐겁게 바라보는 루카와 토비, 히노, 그리고 마기 씨 일행.

그리고 우리의 술래잡기에 끼어들려던 늑대 차림 리레이의 목덜미를 코하쿠가 잡고 있는 모습이 보였다.

동화 히로인의 술래잡기는 잠시 후 끝났고, 윤 오빠가 지쳐서 내게 팔을 붙잡힌 채 돌아왔다.

그 뒤로는 퀘스트 뒤풀이로 클로드 씨의 가게인 [콤네스티 카페 양복점]에서 코스프레 파티를 벌이며 즐겼다.

여러 가지 동화의 의상을 모았는데 그중에서도 마기 씨의 알리바바 모습이나 루카의 왕자님 모습은 꽤 멋졌다. 윤 오빠와 리리 군에게 인형처럼 여러 가지 옷을 입히면서 즐겁게 놀기도 했다.

그때 기념으로 찍은 스크린샷은 OSO의 새로운 추억으로 확실하게 보관해두고 있다.

12화 토우토비와 휴일

"죄송해요. 다음 휴일에는 일이 있어서 로그인할 수가 없어요."

"미안해~. 나도 그때 주말은 안 되거든."

"……나도 볼 일이 있어."

"내도 마찬가지여."

"후후훗, 미소녀와 만날 수 없는 시간은 힘들지만, 그것 또한 다시 만날 날을 더욱 빛나게 해주죠!"

혼자서 끙끙대는 리레이는 내버려 두고, 내게 미안하다는 듯한 표정을 보이는 루카와 다른 사람들.

모든 파티 사람들에게 볼일이 생겨버렸다.

"현실 쪽 사정이라면 어쩔 수 없지. 가끔은 그런 날도 있는 법이야~."

내가 쓴웃음을 지으며 대답하자, 금방 원래 모습으로 돌아왔다.

"그래요. 항상 함께 지낼 수는 없으니까요."

지금까지도 로그인 일정이 맞지 않아서 한두 명이 빠지는 경우가 있었고, 멤버가 부족하더라도 움직일 수 있게끔 센스와 플레이어 스킬을 성장시켜 왔다.

그런데 막상 오랜만에 솔로로 활동하게 되니 팔짱을 끼고 고민했다.

"음~. 그럼 다음 휴일은 뭐하고 지낼까…… 무기와 방어구 소재, 돈 모으기, 솔로용 퀘스트 공략, 센스 레벨을 집중적으로 올린다거나……."

나는 손가락을 꼽으며 다음 휴일 때 혼자서 할 만한 것을 생각했다.

그런 내 모습을 보고 이번에는 루카와 다른 사람들이 쓴 웃음을 지었다.

"뭐, 다음 휴일에는 함께 모일 수 없게 되었지만요, 오늘 퀘스트는 열심히 해볼까요?"

"응! 그래. 다음 휴일 일정보다는 오늘 할 퀘스트가 중요하지! 해보자!"

"오~!"

내가 주먹을 높게 들어 올리자, 히노도 함께 주먹을 들어 올린 뒤 출발하게 되었다.

그날 진행한 퀘스트는 어떤 에리어의 보스 MOB 토벌과 일반 드롭 아이템 납품이었다.

보스 자체는 딱히 고전하지도 않고 쓰러뜨렸지만 그런 경우에는 물욕 센서라는 것이 작동하는 모양이었다.

필요한 일반 드롭 아이템이 아니라 강화 소재로 쓸 수 있는 레어 드롭 아이템을 얻어서 다시 보스와 전투를 벌였다. 그때도 레어 드롭 아이템이 나왔기에 세 번째에 가서야 겨우 일반 드롭 아이템을 얻을 수 있었다.

"……왠지 기뻐할 수가 없네."

"그라제. 원래는 기뻐할 것인디, 퀘스트의 흐름을 끊어먹은 것 같은 느낌이라 기분이 묘하니께."

그렇게 말하며 애매한 미소를 짓고 있는 토비와 손안에 있는 레어 드롭 강화 소재를 굴리는 코하쿠.

그런 한편 이번 보스의 약점인 화속성 마법을 써서 가장 크게 활약한 리레이 이야기를 하는 나와 루카.

"그건 그렇고 언제 봐도 리레이의 마법은 대단하지! 콰앙, 날리고, 쿠웅, 대미지를 입히고."

"그렇죠. 유리한 속성이라 그만큼 대미지가 더 들어갔을 테니 예상했던 것보다 보스를 빠르게 쓰러뜨렸고요…… 뭐, 원하던 드롭 아이템이 나오지 않아서 더 싸웠으니까 예상했던 시간은 지났지만요……."

그렇게 말하고 쓴웃음을 지으며 리레이의 마법을 칭찬하는 루카에게 리레이가 말을 걸었다.

"후후훗, 제가 가장 크게 활약했어요. 상을 주세요."

"네? 상이요?"

"구체적으로 뭐라고 말씀드리진 않겠지만, 머리를 쓰다듬거나 꼬옥 안아주셔도 되는데요."

"엄청 구체적인디……."

리레이가 한 말을 듣고 코하쿠가 흘겨보며 태클을 걸었지만, 정작 본인은 무시하며 팔을 살짝 벌린 채 루카에게 슬금슬금 다가서고 있었다.

그 모습을 보고 루카는 약간 곤란하다는 듯이 쓴웃음을

짓고 있었다.

나는 또 시작되었다고 생각하며 루카와 마찬가지로 쓴 웃음을 짓고 있다가 히노가 어깨를 쿡쿡 찔렀기에 돌아보았다.

돌아보자 히노가 어떤 것을 손가락으로 가리켰고, 무슨 뜻인지 이해할 수 있었다.

나와 히노는 몰래 파티 사람들이 있는 곳에서 빠져나와 그것을 가지고 돌아왔다.

"후후훗, 제게 상을 주세요!"

"저기저기! 버찌 찾았는데, 모두 함께 먹자!"

"저쪽에 잔뜩 있는 걸 찾아냈어!"

나와 히노가 리레이의 말을 가로막으려는 듯이 몰래 잔뜩 가지고 온 버찌를 보여주었다.

적절한 타이밍에 우리가 난입하자 루카는 안심하면서 예쁜 버찌를 보고 부드러운 표정을 지었다.

"멋진 버찌네요."

"……맛있을 것 같아."

HP와 MP는 회복되었지만 최근에 도입된 만복도는 아직 회복되지 않았기에 먹으면서 제1마을로 돌아가야 할 것 같다.

"후후훗, 그럼 뮤우 양하고 다른 분들께서 버찌를 먹여주시는 걸 상으로 받죠."

"니는 아직도 포기 못 한 거여?"

그리고 상을 포기하지 않은 리레이와 코하쿠의 태클에 짓궃게 끼어든 히노가 리레이에게 버찌를 내밀자——.

"아앙~. 아니, 으앗?! 내 손가락까지 먹으면 안 돼!"

"후후훗, 아깝네요."

버찌 줄기까지 먹은 리레이는 미소를 지으며 입안에서 혀를 움직인 뒤 살짝 내밀었다.

그 혀 위에는 매듭이 묶인 버찌 줄기가 얹혀 있었다.

"오옷?! 뭔가 대단하네! 저기저기, 루카, 대단해!"

나와 히노가 리레이의 예상치 못한 특기를 보고 눈을 반짝이며 루카와 다른 사람들과 그 감동을 공유하려 했지만 루카와 토비는 얼굴을 약간 붉히며 고개를 숙였고, 코하쿠는 또 리레이가 쓸데없는 짓을 한다며 한숨을 쉬고 있었다.

그 뒤로는 나와 히노가 도전하려다가 루카와 다른 사람들이 말려서 버찌를 평범하게 먹으며 제1마을로 돌아갔다.

퀘스트 NPC에게 의뢰를 달성했다고 보고한 우리는 그 뒤로 헤어져서 로그아웃했다.

●

루카와 다른 사람들이 없는 휴일 아침, 나는 바로 로그인해서 윤 오빠의 가게, [아트리엘]의 문을 세차게 열었다.

"윤 언니! 같이 모험하러 가자!"

"정말, 뮤우. 문을 세게 열지 마…… 어서 와."

"뮤우, 안녕."

내가 [아트리엘] 가게 쪽으로 들어가자 그곳에는 카운터 너머로 이야기를 나누고 있던 윤 오빠와 마기 씨가 있었다.

"뮤우, 미안해. 나는 마기 씨하고 나가야 해서."

"광산 던전에 가서 [대장]과 [세공]용 광석을 채굴할 예정이야. 그러니까, 미안해."

그렇게 말하고 손을 들며 사과하는 마기 씨에게 나는 어쩔 수 없다고 하며 쓴웃음을 지었다.

미리 말하지 않았던 것이 잘못이니까, 그렇게 생각하며 포기했다.

"저기, 뮤우. 루카하고 다른 사람들은?"

"다들 볼 일이 있어서 오늘은 로그인 못하는 것 같거든."

그래서 나한테 왔구나, 그렇게 말하며 납득하는 윤 오빠.

"세이 언니는 길드 멤버하고 퀘스트를 하러 간다고 하고, 타쿠 씨는 알고 지내는 플레이어들하고 교류한다고 해서 혼자 남았거든."

일단 세이 언니와 타쿠 씨에게는 미리 일정을 물어보고 선약이 있다는 사실을 확인했지만, 윤 오빠는 같은 집에 살아서 언제나 이야기할 수 있다고 생각했기에 안심한 나머지 말하는 것을 깜빡하고 있었다.

"그럼 뮤우는 어떻게 할 거야?"

"음~. 혼자서 레벨을 올리거나 퀘스트를 할까."

그렇게 말한 다음 적당히 정해도 되겠다고 생각하고 발걸음을 돌려 [아트리엘]에서 나가려 했을 때──.

"뮤우, 잠깐만 기다려!"

마기 씨가 허둥대며 불러 세우자 한 발짝 내디딘 다음 돌아보니 그녀가 내 옆으로 다가와 머리부터 발끝까지 확인했다.

"방어구가 꽤 상했어."

"네?"

"잠깐 여기서 확인해도 될까? 무기하고 방어구를 벗어줄래?"

진지한 마기 씨의 표정을 보고 나는 순순히 따르기로 했다.

윤 오빠의 공방에서 클로드 씨가 만든 푸른 리본이 달려 있고 챙이 넓은 모자와 귀여움을 중시한 베이지색 치마, V넥 스웨터로 갈아입은 뒤 장비를 마기 씨에게 넘겼다.

마기 씨는 바로 카운터에 내 장비를 늘어놓고 확인하기 시작했다.

"역시, 장비의 내구도가 꽤 많이 줄어들었어. 그러고 보니 마지막으로 정비를 한 게 여름 캠프 이벤트 때였나?"

"아~, 그때는 충분한 설비가 없어서 응급처치 같은 것만 했으니까요."

윤 오빠와 마기 씨가 내 장비를 보며 이야기하고 있는 내용을 들으니 약간 기분 나쁜 예감이 들었다.

"전부 내구도를 회복시키기 위해서 수리할 필요가 있겠

네. 괜찮아, 소재만 모으면 원래대로 고쳐질 거야. 하는 김에 강화도 해줄까?"

"저기…… 그건 언제쯤 끝나나요?"

"음~. 오늘 윤 군하고 광석을 채굴하러 갈 거고, 수리하고 강화하는 데 하루, 그렇게 생각하면 빨라도 이틀이려나. 다른 무기나 방어구 제작 의뢰를 감안하면 나흘 정도겠고."

"네~? 그럼 그동안은 쉬어야 해요? 이럴 수가~."

모처럼 혼자서 레벨을 올릴까 했는데, 그렇게 아쉬워하는 나를 보고 윤 오빠가 내 머리 위에 손바닥을 얹었다.

"가끔 전투 말고 다른 것도 즐겨봐. 마을 안을 산책하면 되잖아?"

내가 투덜거리면서 납득하고 고개를 끄덕이자, 윤 오빠가 쓴웃음을 지었다.

"으…… 내키진 않지만, 알았어. 그리고 마기 씨, 대금은 이 정도면 되나요? 그리고 강화할 때 이 소재를 써주실래요?"

마기 씨에게는 장비 수리와 강화 대금, 그리고 저번에 루카네와 함께 쓰러뜨린 보스 MOB 레어 드롭 아이템을 건네며 내 장비를 맡겼다.

"알았어. 최고의 상태로 만들어줄게."

"뮤우, 너도 조심히 다녀와."

나는 두 사람의 배웅을 받으며 곧바로 플레이어들이 많이 있는 노점 쪽으로 걸어갔다.

평소 때 장비가 아니라 천 원피스와 두꺼운 가죽 벨트, 그리고 예비 숏 소드를 칼집에 차고 걸어다니다 보니 좀 신선한 기분이라 쿡쿡 웃으며 노점을 돌아다니기 시작했다.

음식을 파는 노점이나 자작 장비를 파는 노점, 자신이 쓰러뜨린 적 MOB이니 채집 아이템을 진열한 노점 같은 것도 있었다. 지금까지 노점은 가끔 좋은 걸 살 수 있다는 정도로만 생각하고 있었는데 플레이어마다 개성이 있다고 생각하며 노점을 구경했다.

그러자 그중 한 곳에 [재봉] 계열 센스로 만든 손바닥 크기 동물 인형을 파는 노점이 있었다.

"앗, 귀엽네. 이런 것도 있구나."

내가 그렇게 생각하며 자연스럽게 손을 뻗어 인형을 만지기 직전, 먼저 노점에서 상품을 보고 있던 사람의 손과 닿아버렸다.

"앗, 죄송합니……?"

"……저도, 죄송합니다?"

손을 거두어들이고 그 사람과 얼굴을 마주 본 우리는 양쪽 다 의문형으로 사과했다.

"저기…… 토비?"

그 플레이어는 낯익은 얼굴이었다. 오늘은 볼 일이 있어서 로그인하지 않을 거라고 한 파티 멤버인 토비였다.

"……엇, 어, 어째서, 뮤우 양이?!"

손을 가슴 앞에 모으고 얼굴이 새빨개진 채 당황하는

토비.

"그건 내가 할 말이지! 오늘은 로그인하지 못할 거라고 해서 없는 줄 알았는데! 깜짝 놀랐네!"

입을 뻐끔거리면서 뭔가 말하려 하면서도 바로 말을 하지 못하는 토비는 몇 번 숨을 쉬고 나서 천천히 이야기하기 시작했다.

"……저기, 일정이 갑자기 취소되어서 로그인했는데요. 뮤우 양이 일정을 잡은 상태면 폐를 끼치게 될 것 같아서 말씀드리지 않았어요."

"폐는 무슨!"

내가 똑바로 바라보자 토비는 기쁜 듯이 입가를 실룩거렸지만, 창피했는지 바로 머플러로 입가를 가린 다음 입을 다물어버렸다.

""………….""

"……으음."

우리가 양쪽 다 껄끄럽다는 듯이 서 있었기에 노점 플레이어가 헛기침을 했고, 그제야 우리는 정신이 번쩍 들었다.

나와 토비는 허둥대며 보고 있던 노점의 작은 인형을 하나씩 산 다음 그 노점을 떠나 마을 안에 마련되어 있는 휴식용 광장 같은 공간에 와 있었다.

그동안 양쪽 다 말이 없었다.

(그러고 보니 나! 토비하고 단둘이서 이야기할 기회가 거의 없었던 것 같아!)

평소에는 파티 모두와 퀘스트를 받거나, 가끔 파티를 둘로 나누어서 활동하는 경우도 있긴 하지만 토비와 일대일로 이야기를 나눈 적이 없었기에 어떤 화제를 던져야 할지 알 수가 없었다.

양쪽 다 말이 없는 와중에 토비가 내가 있는 쪽을 힐끔거리며 말을 걸었다.

"……뮤우 양, 그 옷 귀엽네요."

"아하하핫, 사실 장비의 내구도가 줄어들어서 마기 씨에게 수리를 맡겼어. 그래서 장비가 돌아올 때까지 패션용 장비를 입고 있는 거야. 어때? 이상하지 않아?"

농담처럼 말하며 고개를 갸웃거리자 토비가 칭찬해주었다.

"정말 귀여워요."

"고마워. 꽤 마음에 들거든."

그렇게 말하고 살짝 포즈를 취하자, 토비가 미소를 지어주었다.

뭐야, 쓸데없이 긴장할 필요 없었네, 나는 그렇게 생각하며 어떤 제안을 했다.

"어차피 퀘스트나 레벨을 올릴 수 없다면 토비도 마음껏 즐기지 않을래?"

"……즐겨요?"

"멋을 부리는 거야! 멋! 키티 씨네 가게에는 방어구가 여러 가지 있을 테니까 그걸 조합한 코디네이트 같은 걸 골라보자!"

"……네? 네에?!"

"그럼 갈까!"

나는 혼란스러워하는 토비의 손을 잡고 방어구 대리판매 가게로 가서 점장인 키가 크고 여장남자 계열 플레이어인 키티 씨와 함께 토비를 귀엽게 만들어줄 옷을 골랐다.

"자, 다 됐단다! 가을을 미리 대비한 코디네이트!"

탈의실에 토비를 밀어 넣고 그대로 방치한 뒤 잠시 후, 나와 키티 씨가 이것도 아니다, 저것도 아니다, 그렇게 생각하며 고른 옷을 토비가 입고 창피하다는 듯이 나왔다.

"……이, 이런 옷은 저한테는 어울리지 않아요. 저는 귀엽지 않아요."

"그렇지 않아! 차분한 색의 맥시 원피스가 엄청 잘 어울려! 귀여워!"

토비는 가슴이 커서 가슴을 강조하는 디자인인 맥시 원피스가 잘 어울렸다.

그리고 머플러로 입가를 가리고 있지 않기에 토비의 표정을 제대로 볼 수 있어서 나는 보기만 해도 즐거웠다.

지금은 쑥스러워서 얼굴이 빨개졌는데, 이제 놀러 갈 곳에서 어떤 표정을 보여줄지 기대된다.

"역시 친구가 있으니 좋구나. 그 옷은 재고니까 줄게."

"……저기, 키티 씨. 감사합니다!"

"앗싸! 그럼 바로 갈까!"

토비는 키티 씨에게 고개를 살짝 숙여 인사한 다음 나와 손을 잡고 다시 마을을 산책하러 나섰다.

●

마을의 산책이라 해도 나는 토비가 좋아할 만한 곳을 알 수가 없었다.

베타 버전 때는 퀘스트가 없을까 하고 마을을 돌아다니곤 했지만, 요즘은 유용한 퀘스트 NPC나 아는 사람의 가게, 노점 말고는 별로 돌아다니지 않았다.

"으으음, 토비가 즐거워할 만한 곳은 어딜까?"

"……저기, 지금도 충분히 즐거운데요."

그렇게 말하며 공원 벤치에 앉아 [요리] 센스를 지닌 플레이어의 노점에서 산 아이스크림을 둘이서 먹고 있었다.

"그래도 노점만 돌아다니면 재미가 없잖아. 앗, 그 아이스크림 한 입만 줘."

"……네, 드세요. 대신 저도 한 입 주세요."

"응, 자."

토비가 미소를 지으며 아이스크림을 기울여주었기에 나는 살짝 스푼으로 떴고, 마찬가지로 내 아이스크림을 기울여주자 토비가 아이스크림을 떠서 서로 맛을 비교해 보았다.

"그 맛도 맛있네. 다음에 살 때는 그걸로 해야겠어."

느긋하게 아이스크림을 다 먹은 나는 벤치에서 일어나 팔을 쭉 펴며 다음에 갈 곳에 대해 고민했다.

"음~. 토비, 가고 싶은 곳 있어?"

"저기…… 잘, 모르겠어요. 평소에는 노점에서 액세서리를 사곤 하는 정도라."

그건 좀 전에 했고, 노점에 진열된 물건이 금방 바뀌진 않을 거라 생각하며 고민하고 있자니 어떤 생각이 떠올랐다.

"그래! 잘 모를 때는 아는 사람에게 물어보면 돼!"

"……아는 사람요?"

"그래! 윤 언니 같은 사람은 재미있을 것 같은 곳을 가르쳐줄 것 같으니까!"

나는 프렌드 통신으로 윤 오빠에게 연락을 했고, 바로 연결되었다.

『뮤우? 왜 그래?』

뭔가 단단한 것을 두드리는 듯한 소리가 들리는 걸 보니 광산 던전에 있는 모양이었다. 그리고 헤어진 지 얼마 되지도 않았는데 프렌드 통신으로 연락한 것을 의아해하며 물어보는 윤 오빠에게 용건을 전했다.

"윤 언니! 제1마을의 재미있을 것 같은 곳을 가르쳐줘!"

『언니라고 하지 마, 정말…….』

한숨을 쉬면서 내게 자세한 이야기를 들은 윤 오빠는 바로 이해했는지 어떤 퀘스트를 우리에게 가르쳐주었다.

『심부름 계열 퀘스트인 [스탬프 랠리]라는 게 있어. 그걸

해보지 그래? 하는 김에 내가 알고 있는 곳 중에서 뮤우와 토우토비가 좋아할 것 같은 추천 장소도 지도에 표시해서 메시지로 보낼게.』

그렇게 말하고 일단 프렌드 통신을 끊은 윤 오빠.

내가 연락하고 있는 모습을 불안해하며 기다리고 있던 토비에게 나는 손가락으로 동그라미를 만들며 괜찮다고 전했다.

"윤 언니가 괜찮은 퀘스트를 가르쳐준대. 그리고 괜찮은 장소도."

"……그런가요? 윤 씨께서 알고 계신 곳은 어떤 곳일까요?"

"어떤 곳일까?"

윤 오빠가 가르쳐줄 곳에 대해 이야기를 나누고 있자니 메시지가 왔고, 그곳에는 퀘스트의 간단한 설명과 손으로 그린 지도 스크린샷이 들어 있었다.

메뉴로 띄운 수제 지도 스크린샷을 가시화시켜서 토비와 함께 보았다.

"이건 퀘스트 순서 지도구나. 그리고 그곳의 설명도 있고."

"……그리고 윤 씨의 추천 장소도 나와 있네요."

"바로 가볼까!"

마침 퀘스트 NPC가 있는 곳은 우리가 쉬고 있던 곳에서 그리 멀지 않았다. 나는 토비와 나란히 지도를 보며 퀘스트 NPC를 찾아냈고, 그 NPC는 바로 우리에게 말을 걸었다.

"안녕, 제1마을 관광조합 사람인데, 마을을 잘 알아줬으면 해서 스탬프 랠리를 만들었어. 실제로 돌아다녀보고 감상을 말해줄래?"

그 NPC에게서 퀘스트 아이템인 카드를 받자 퀘스트가 시작되었다.

"어렸을 때 이런 걸 했었지."

"……했었죠. 관광지 같은 곳에서 스탬프를 모으기도 하고."

우리가 지도를 보며 첫 번째 체크포인트를 향해 걸어가기 시작했다.

그곳은 동쪽 큰길에서 조금 들어간 곳에 있는 작은 공원이었고, 우리가 좀 전까지 아이스크림을 먹던 곳이었기에 나도 모르게 쓴웃음이 나와버렸다.

나와 토비는 스탬프를 받고 나서 다음 체크포인트를 향해 걸어가기 시작했다.

그동안 눈에 띄는 것에 대해 이야기하면서 윤 오빠의 지도 순서대로 이동했다.

스탬프 랠리의 체크포인트 말고도 윤 오빠의 추천 장소로 뒷골목 좁은 통로를 지나간 곳에 아무것도 없는 공터가 있었다.

"……여기가 추천 장소인가요?"

"그런 모양인데. 앗, 메시지에 자세한 설명이 적혀 있어. 음…… 위를 봐라?"

그 짧은 한마디를 보고 나와 토비가 위를 보니 사방이 건물 벽으로 둘러싸인 곳에 푸른 하늘이 보였다.

"우와, 왠지 좀 감동인데!"

"……평소에는 아무렇지도 않은 하늘이지만 이렇게 보니 예쁘네요."

나와 토비는 공터의 풀 위에 앉아 잠시 하늘을 올려다보았다.

"언니는 이런 곳을 잘 찾아내거든. 앗, 약초가 있네. 뽑아야지."

"……왠지 여기만 격리된 것처럼 조용하네요."

한 블록만 나가면 큰길에서 시끄러운 소리가 들릴 텐데, 이곳에서는 그런 소음이 멀리 느껴졌다.

나와 토비는 잠시 그곳에서 멍하니 있다가 공터의 풀을 밟는 소리가 들려서 고개를 틀어 돌아보았다.

"……앗, 고양이에요."

"정말이네…… 아니, 어?! 왠지 모르겠지만 모여드는데!"

지붕을 타고 내려왔는지 고양이 한 마리가 공터에 내려서자 두 마리, 세 마리, 그렇게 늘어나서 어느새 우리는 들고양이들에게 둘러싸여버렸다.

"어! 이게 뭐야. 이런 말은 못 들었는데?! 앗, 언니의 메시지에 적혀 있네!"

이 공터에는 약초나 해독초 같은 생산 소재가 나오는데 운이 좋으면 들고양이 MOB 집회를 볼 수 있는 모양이다.

그리고 우리를 둘러싸고 있는 들고양이 MOB들은 우리에게 몸을 비비며 햇볕을 쬐기 시작했다.

"……귀엽네요. 그리고 사람을 잘 따르는 것 같아요."

토비 앞으로 온 고양이의 턱을 쓰다듬자 그릉그릉 목을 울리며 기분 좋다는 표현을 했다.

나도 다가온 들고양이 한 마리를 안아보았다.

"오오, 정말이네! 전혀 저항하지 않아 만세~, 만세~."

나는 안아 든 고양이를 내 앞에 앉히고 양쪽 앞발을 들어 올려보았다. 그밖에도 발바닥의 부드러운 감촉을 즐기며 쓰다듬어줬으면 하는 것 같아 하는 고양이들을 차례차례 쓰 다듬었다.

"휴우, 즐겁다. 윤 언니의 뤼이도 이 정도로 사람을 잘 따 랐으면 좋겠는데."

"……후훗, 하지만 그것도 개성이에요."

토비가 살짝 웃으며 그렇게 말하자 나는 그렇긴 하지~, 라고 말하며 맞장구를 쳤다.

도망치면 칠수록, 피하면 피할수록 신경이 쓰이곤 한다.

그리고 잠시 후 태양의 위치가 바뀌자 사방이 건물 벽으 로 둘러싸인 공터에 빛이 스며드는 면적이 줄어들었고, 들 고양이들도 조금씩 떠나기 시작했기에 우리는 스탬프 랠리 를 다시 시작했다.

그 뒤로 우리는 차례차례 체크포인트와 윤 오빠가 추천해 준 장소를 돌아다니기 시작했다.

길드 홈 건물이 들어서 있는 거리에 있는 동물 석상 오브젝트 숫자를 세어서 퀘스트 NPC에게 보고하고 스탬프를 받거나, 북쪽 도서관 뒤 휴게소에서 느긋하게 쉬거나, 길거리 공연을 하는 NPC의 공연을 함께 구경하거나, 윤 오빠의 지도에 나와 있지 않은 NPC 가게를 구경하면서 즐거운 시간을 보냈다.

"이제 지도에 따르면 스탬프 랠리의 도착 지점하고 윤 언니가 추천해준 장소가 한 곳 남았어. 양쪽 다 근처에 있네."

"……그렇네요. 이대로 이 길을 따라가면 도착하겠어요."

가끔 이렇게 레벨을 올리지 않거나 모험하지 않는 날도 괜찮은 것 같다고 생각하며 마지막 목적지를 향해 갔다.

그리고 사고라는 것은 언제나 따라붙기 마련이다.

"후발주자 플레이어를 위한 상담회를 시작합니다. 저희가 모신 선배 플레이어들이 센스 구성이나 장비에 대해 상담을 해드립니다! 그리고 센스 구성을 정한 플레이어분들은 임시 파티로 레벨을 올리는 것을 도와드리기도 합니다! 모르시는 게 있으시면 수시로 상담해드립니다!"

우리 눈앞에는 그렇게 넓지 않은 도로에 플레이어들이 수십 명 정도 모여 있었다.

길을 가득 메울 정도로 많은 플레이어들이 움직일 낌새도 보이지 않았기에 우리는 그 모습을 관찰하고 있었다.

"……이게 뭘까요?"

나는 모여 있는 플레이어들을 관찰하고 많은 플레이어들의 장비가 초기 장비나 가게에서 파는 철제 장비라는 것을 눈치챈 뒤 어떤 가능성을 떠올렸다.

"아~, 그러고 보니 오늘은 제2차 생산 VR기어의 선행 판매일이었던가?"

OSO를 하기 위해 필요한 VR 기어를 요즘 구하기가 힘들다는 소식을 TV에서도 다룰 정도나.

그리고 제2차 생산 VR 기어가 선행 발매되었고, 다시 사람들이 줄을 섰다고 오늘 아침 뉴스에 나왔다.

이 모임은 선행 발매로 참가한 후발주자 플레이어들을 지원해주기 위한 모임인 것 같았다.

많은 플레이어들이 평소에 쓰는 큰길이나 광장을 점거하는 것보다는 사람들이 잘 다니지 않는 골목에서 이런 초보 지원 행사를 열어 주위를 배려해주는 것은 이해가 되지만, 타이밍이 안 좋다.

참고로 제1차 생산 VR 기어 중에서도 베타테스터에게 배포한 것을 전기, 윤 오빠처럼 정식 버전부터 시작한 플레이어들이 가지고 있는 것을 후기로 나누기도 한다.

"……뮤우 양, 어떻게 할까요? 우회할까요?"

"그래. 그런데 이 집회도 좀 신경 쓰이거든. 혹시 미래의 달인 플레이어가 섞여 있을지도 모르니까."

나는 그렇게 말하고 모여 있던 플레이어들을 보기 위해 발돋움했지만 키가 작아서 모두를 둘러볼 수가 없었다.

"음~. 뭔가 좋은 방법 없을까?"

주위를 둘러보자 길에 심어져 있는 가로수가 보였다. 그것을 본 순간, 이곳에 모여 있는 플레이어들의 모습을 파악하면서 크게 우회하지 않고 스탬프 랠리의 목적지에 도착할 수 있는 방법이 떠올랐다.

"토비, 내 뒤를 따라올래?"

"……네? 네에?!"

나는 토비에게 대답을 듣기도 전에 가로수를 향해 뛰어가기 시작했다.

[행동제한해제] 센스에 몸을 맡긴 채 나무줄기를 박차고 큼직한 나뭇가지를 잡은 뒤 가지 위에 올라선 다음 바로 가로수 가지에서 건물 지붕으로 넘어갔다.

치마 속은 시스템 특성상 보이지 않게 되어 있긴 하지만, 그래도 신경 쓰면서 넘어간 건물 지붕 위에서 토비를 불렀다.

"토비도 넘어와!"

"……네, 네에?!"

갑작스러운 나의 행동을 보고 혼란스러워하는 토비.

이 길에 모여 있던 플레이어들에게도 보이는 위치에서 행동하기를 망설이던 토비는 마음을 굳게 먹고 내 뒤를 따라 가로수를 올라갔다.

나처럼 힘차게 오르는 것이 아니라 조용히, 살금살금 올라갔고 지붕에 착지할 때도 무릎을 사용해 소리를 거의 내지 않고 따라왔다.

"……뮤우 양. 눈에 띄는 짓을 하면 창피해요."

나는 우리가 움직인 것을 누가 보지 않았는지 신경 쓰는 토비에게 지붕으로 넘어온 이유를 말했다.

"지붕 위에서는 플레이어들의 모습을 한눈에 둘러볼 수 있고 목적지까지 지름길로 갈 수 있어!"

"……저는 그냥 가도 되는데요."

쓸데없이 눈에 띄는 것을 싫어하는 토비에게 나는 애매하게 웃고 사과하며 대답했다.

"왠지 잠입 미션 같아서 즐겁다."

"……뮤우 양."

토비가 눈을 흘기며 바라보자, 나는 헛웃음을 지으며 건물마다 떨어져 있는 지붕을 조용히 뛰어넘어 플레이어들이 모여 있는 곳 근처 지붕으로 이동했다.

그리고 나는 지붕 가장자리에서 몰래 모여 있는 플레이어들을 살펴보았다.

다들 제2차 생산 VR 기어를 선행 발매 때 손에 넣은 의욕적인 플레이어들이다. 다른 말로 하자면 장래의 폐인 예비군이라고도 할 수 있다.

미래의 라이벌일까, 아니면 친구일까, 함께 싸울 상대일까, 잘 모르겠지만 진지한 표정을 짓고 있는 플레이어들을 몰래 확인하며 선발주자 플레이어의 강의를 흘려들었다.

"…………."

"…………."

나와 토비는 둘 다 말없이 지붕 위에서 숨을 죽이고 있었는데, 갑자기 토비가 내 머리를 쓰다듬었다.

"음~, 토비. 왜 그래? 머리를 쓰다듬고."

내가 묻자, 토비가 뭐라고 해야 할지 망설이면서 미묘하게 뜸을 들이다가 입을 열었다.

"……저기, 아까 나무를 타고 지붕으로 뛰어넘은 모습을 떠올려보니 귀엽다 싶어서요."

"에헤헤, 그런가?"

"……응. 원숭이처럼."

"으, 원숭이 아니야~."

토비에게 원숭이 같다는 말을 듣고 입술을 삐죽대며 불만을 드러내다가 금방 둘 다 어깨를 떨면서 소리를 죽이고 쿡쿡대며 웃었다.

그러다 우리는 지붕 아래에 플레이어들이 모여 있다는 사실을 떠올리고 깜짝 놀라 숨을 들이켰다. 그리고 조심조심 다시 지붕 가장자리 아래를 들여다보았지만 아무도 눈치챈 것 같지는 않았다.

"휴우, 그럼 들키기 전에 갈까? 다음 장소로."

"……네, 그래요."

미소를 지으며 고개를 끄덕이는 토비와 함께 누구에게도 들키지 않고 지붕을 넘어 이동할 수 있었다.

여담이지만 이 이동방법을 가끔 쓰게 된 것은 시간이 좀 지난 뒤였다.

●

　지붕을 타고 이동한 우리는 가끔 거리를 넘어가기 위해 플레이어들의 머리 위로 건물을 넘어갔고, 가끔은 더 높은 건물로 올라가며 이동했다.

　그리고 목적지 근처인 자그마한 교회 종탑까지 토비와 함께 올라와 있었다.

　"제1마을은 넓기도 하고, 이렇게 보니 예쁘다."

　마을을 한눈에 둘러볼 수 있는 교회의 종탑에서 360도 중세 유럽풍 파노라마 경치를 즐겼다.

　"……다른 분들에게도 이 광경을 보여드리고 싶네요."

　"스크린샷을 찍으면 보여줄 수 있어. 하지만 실제로 봤을 때 느낀 감동은 전할 수 없으니, 이건 나하고 토비만의 것이겠구나."

　"……그렇네요."

　입가에 미소를 드리우며 고개를 끄덕이는 토비와 함께 잠시 종탑 꼭대기에서 경치를 즐긴 뒤 목적지 근처 거리로 내려갔다.

　"좋았어~, 도착~!"

　종탑에서 내려온 우리는 가로등 위로 넘어가 기둥을 잡은 채 가로등 주위를 빙글빙글 회전하며 착지했다.

　그리고 뒤에서 토비가 조용히 기둥을 잡고 주르륵 내려온 다음 자신의 머리카락과 옷이 흐트러지지 않았는지 확인하고 있었다.

"……여기가 스탬프 랠리의 결승점 근처인가요?"

"윤 언니가 가르쳐준 토비가 좋아할 만한 곳이야!"

그곳은 제1마을 남쪽에 있는 저수지다. 농업용 저수지인 것 같았고, 흐르는 물처럼 깨끗하지는 않았지만 돌로 제대로 만들어져 있었다.

그리고 그런 저수지에서 나보다 토비가 먼저 찾던 걸 발견했다.

"……뮤우 양, 저게 뭐죠?"

토비가 손가락으로 가리킨 곳에는 검둥오리 한 마리가 있었다.

끄트머리가 노란 부리, 그리고 깃털이 갈색인 검둥오리는 저수지 바로 옆에 나뭇가지 같은 것을 모아서 만든 둥지 안에 얌전히 있었다.

움직이지 않는 검둥오리는 목을 깃털 안에 파묻고 전체적으로 동그란 실루엣을 보이고 있었고, 깃털의 윤기와 실루엣을 보니 마치 찹쌀떡 같아 보였다.

"……귀엽네요. 먹이를 주고 싶어요."

"그렇구나. 하긴, 토비가 좋아할 것 같은 느낌이야. 윤 언니의 메모에는 근처 야채가게에서 야채 부스러기를 받을 수 있으니 그걸 먹이로 주면 된다고 적혀 있어."

"……그 가게는 좀 전에 지붕 위에서 봤어요."

왠지 발걸음이 가벼워 보이는 토비가 발견한 야채가게로

향했다.

"어서 오렴! 제2마을에서 아침에 따서 가져온 신선한 야채야!"

"실례합니다! 버릴 야채 잎 같은 거 있으면 주세요!"

내가 씩씩하고 까무잡잡하고 통통한 앞치마 차림 아주머니 NPC에게 부탁하자 쓴웃음을 지으며 안쪽에서 작은 상자를 꺼냈다.

"뭐야! 저수지를 보러 온 사람이야? 검둥오리에게 먹이를 줄 거면 온 김에 뭐라도 좀 사가!"

"그럼 사과 두 개요!"

"여기 있다!"

힘찬 목소리로 상자에 담겨 있던 끊어진 이파리를 종이봉투에 담으면서 사과를 나와 토비에게 하나씩 건네주었다.

"……저기, 검둥오리의 먹이를 공짜로 줘도 되는 건가요?"

토비가 궁금했던 것을 야채가게 NPC에게 묻자 까무잡잡한 얼굴로 미소를 지었다.

"저 저수지는 해마다 두 번 물을 빼내면 바닥에 검둥오리의 대변이 고여 있어. 그것을 농가에서 퍼내서 비료로 쓰거나 제2마을로 팔러 가지. 그리고 그 비료로 키운 야채가 내 가게로 오는 거야. 그러니 저 검둥오리는 우리에게 고마운 존재거든."

그렇게 말하는 아줌마에게 사과와 검둥오리의 먹이를 준 것에 대한 인사를 하면서 검둥오리가 있는 저수지로 돌아왔다.

"그런 설정이 있었구나. 검둥오리 한 마리라도 심오한데."

"……평소에는 신경 쓰지도 않았어요."

그래서 윤 오빠가 추천한 곳인지도 모르겠다. 아무도 신경 쓰지 않는 NPC나 동물 MOB과 관계를 맺고 그 설정이나 역할 같은 것을 제대로 파악하는 것 같다.

"가끔은 이런 것도 괜찮은데! 다음에는 루카네랑 같이 설정 순례 여행 같은 걸 해볼까?"

"……재미있을 것 같네요. NPC의 관계를 따라가 보는 것도 괜찮을 것 같아요."

그렇게 말하고 서로 얼굴을 마주 보며 미소를 지었다.

그런 우리가 저수지로 다가가자 이상한 분위기가 느껴졌기에 눈살을 찌푸리며 빠르게 걸어갔다.

그리고 저수지에서 본 것은 한 손에 돌을 들어 올린 두 사람의 모습이었다.

"……윽?! 뭐 하시는 건가요!"

평소에는 얌전한 토비의 박력에 놀라면서도 우리의 목소리를 듣고 손이 엇나갔는지 날아간 돌은 저수지에 떨어졌다. 하지만 그들이 노린 것은 척 보기에도 둥지에 앉아 있는 검둥오리였다.

"허접이네."

"쳇, 누가 말을 걸어서 손이 엇나갔을 뿐이야."

토비가 한 말을 무시하고 지면에 모아둔 돌을 주워드는

두 사람에게 토비가 따지고 들었다.

 "……뭐 하시는 거예요."

 토비가 조용히 화를 내는 모습을 보고 나는 끼어들 타이밍을 놓친 채 옆에 섰다.

 상대방의 장비는 좀 전에 보았던 후발주자 플레이어들과 마찬가지로 초기장비였고, 뭔가 행동에 나서려 하면 내가 바로 대처할 수 있게끔 대비했다.

 "뭐냐니, 센스 레벨을 올리는 거야. [던지기]라는 센스가 있잖아? 그걸 단련하고 있다고."

 "일단 눈에 띄는 새를 향해 던지면 레벨이 올라가겠지."

 "……그런 이유 때문에 심한 짓을."

 두 사람의 말을 듣고 멍해진 토비 대신 내가 두 사람을 노려보며 끼어들었다.

 "레벨을 올리려면 필드에서 올리면 되고, 적이 아닌 MOB에게 던져봤자 얻을 게 없잖아. 동물을 괴롭히는 것 같아서 촌스러운데."

 차가운 시선을 드러내며 신랄한 말을 내뱉자 한 사람은 게임이라고는 해도 도덕적으로 문제가 있다는 것을 느꼈는지 들고 있던 돌을 땅바닥에 떨어뜨렸다.

 "쳇, 맥빠지네. 가자."

 하지만 다른 한 사람은 내가 내세운 정론에 반감이 들었는지 기분 나쁜 표정을 지으면서——.

 "그래, 그만두도록 하지. ——이걸 막을 수 있다면 말이야!"

땅바닥에 놓여 있던 돌더미에서 돌을 잔뜩 움켜쥐고 있는 힘껏 검둥오리 둥지로 던졌다.

딱히 조준을 하지 않은 투척이었지만, 잔뜩 움켜쥔 돌은 산탄처럼 퍼져서 날아갔다.

"──[솔 레이]!"

"……흡!"

나는 수렴광선 마법을 사용해 날아간 돌을 공중에서 없앴고, 토비가 허벅지에 숨기고 있던 투척 나이프를 재빨리 뽑아들고 공중에서 돌을 튕겨냈다.

아무리 초보가 던진 돌이라 해도 나와 토비가 둘이서 떨어뜨릴 수 있었던 것은 서너 개 정도에 불과했다.

그리고 날아간 돌 중 대부분은 검둥오리에게 맞지 않았지만 그중 하나가 우연히 검둥오리의 몸통에 제대로 맞았다.

"──좋았어! 꼴 좋다!"

그 남자는 검둥오리를 맞추고 시원스러운 표정을 지었지만, 나와 토비는 숨을 삼키며 돌을 맞은 검둥오리를 바라보았다.

검둥오리는 기분이 꽤 상했는지 둥지에서 작은 몸을 일으키고 양쪽 날개를 펼치며 가슴을 폈다.

『꽈아아아아아아아아악──!』

길게 울리는 검둥오리의 울음소리를 듣고 나는 토비의 손을 잡고 저수지에서 살며시 거리를 벌렸다.

"결국 저질러버렸네. 그래서 말리려고 했는데."

"······뮤우 양?"

나는 한숨을 쉬면서 멀리서 울음소리로 위협하는 검둥오리를 바라보았고, 토비는 상황을 이해하지 못하고 나와 검둥오리를 번갈아가며 바라보았다.

"동물에게 돌을 던지는 건 불쌍해서 말렸지만, 그것 말고도 이유가 있거든."

검둥오리에게 돌을 던진 플레이어는 작은 새가 있는 힘껏 위협하는 모습을 깔깔대며 보고 있었는데, 그 표정은 다음 순간에 굳은 미소로 변해버렸다.

검둥오리의 울음소리를 듣고 마을 전체에서 동물들이 모여들었다.

애완견도 있었고, 들고양이도 있었고, 까마귀도 있었다. 그런 마을 곳곳에 있던 동물들이 우글우글 모여들어 검둥오리와 마찬가지로 플레이어를 위협했다.

"저항하지 않는 마을 동물 MOB을 공격하면 다른 동물 MOB들이 적대시하거든. 게다가 한없이 공격하고, 쓰러질 때까지 공격해."

베타 버전이나 정식 버전 시작 초기에도 동물 MOB에게 손을 대는 바보 같은 짓을 한 플레이어가 있긴 했지만 안전한 마을에서 죽어 돌아간다는 가장 불명예스러운 상황을 맞이하게 되었기에 그런 짓을 하는 사람은 자연스럽게 없어졌다.

뭐, 원래 그런 행동은 성격에 문제가 있다고 할 수 있을 테니 플레이어들끼리 교류를 할 수 없는 원인이 되기도 하니까. 그런 이유도 있을 것이다.

그리고 오늘은 눈앞에서 그런 사정을 모르는 후발주자 플레이어가 동물들에게 일방적으로 얻어맞고 있다.

초기라서 HP가 낮은 상태에서는 오랫동안 버티지 못하기에 동물들이 모여들어 보이지 않게 된 플레이어는 그 자리에서 빛의 입자를 남기고 사라졌다.

"동물의 힘은 참 대단하지? 플레이어는 절대로 이길 수 없는 존재니까."

"……귀엽고 강하다니, 멋지네요."

OSO의 시스템 특성상 HP가 설정되어 있지 않은 동물 MOB들을 쓰러뜨릴 수가 없어서 일방적으로 공격을 맞기만 할 뿐이라 '끝판왕은 마을의 동물'이라든가 '진정한 지배자는 동물'이라는 농담이 돌곤 했다.

그런 동물들은 플레이어를 두들겨 패고 만족했는지 각자 마을로 돌아갔고, 그 뒤에 남은 것은 둥지를 지키고 있던 검둥오리 한 마리밖에 없었다.

"너도 참 힘들었겠구나, 의미는 없겠지만──《힐》."

"……힘들었겠군요. 이걸 드세요."

나는 돌에 맞은 검둥오리의 몸통에 손을 내민 뒤 회복마법을 사용했고, 토비는 야채가게 주인에게 받은 야채 이파리를 종이봉투에서 꺼내 검둥오리의 입 근처에 내밀고 먹이를 주었다.

우리가 그렇게 챙겨주자 약간 화가 나 있던 검둥오리의 분위기가 부드러워졌고, 다시 저수지 주위에 느긋한 분위기가 퍼져나갔다.

그렇게 원래 목적이었던 윤 오빠의 추천 장소 순례를 할 수 있게 된 우리 앞에서 검둥오리가 몸을 한 번 떨더니 둥지 위에 일어서서 바깥으로 나왔다.

그리고 우리가 본 둥지 안에는 타원형 갈색 알이 여러 개 있었다.

그 알이 안에서 투욱, 투욱, 두들기는 소리를 내는 것과 동시에 갈라지기 시작했다.

"어?! 설마 부화하는 거야?!"

"……힘내라, 힘내라."

우리와 검둥오리 한 마리가 둥지 앞에 앉아 부화하는 알을 지켜보고 있자니 첫 번째 알의 껍질이 갈라지고 안에서 새끼 검둥오리가 나왔다.

첫 번째 새끼 검둥오리가 나오자 그 뒤를 이어 차례차례 흠뻑 젖은 채 알에서 나오는 새끼 검둥오리들.

마지막 한 마리가 나왔을 무렵에는 첫 번째 새끼 검둥오리의 깃털이 다 마른 상태였고, 푹신푹신한 털뭉치가 어미 검둥오리를 올려다보고 있었다.

"……먹이, 야채가게에서 받은 야채 이파리를 먹을까요?"

토비가 다시 야채 이파리를 내밀자 어미 검둥오리가 씹어서 딱 좋은 크기로 만든 먹이를 깃털이 마른 순서대로 새끼 검둥오리들이 모여서 일제히 쪼아대며 먹었기에 금방 없어졌다.

"……후훗, 작긴 해도 검둥오리네요. 작고 귀여워요."

나는 미소를 짓는 토비까지 포함해서 새끼 검둥오리의 모습을 스크린샷으로 찍었다.

"미소를 짓는 토비도 귀엽잖아. 봐, 검둥오리하고 같이 찍혔어!"

그렇게 말하자 토비는 깜짝 놀라 눈을 크게 뜨고 금방 얼굴을 붉히며 새끼 검둥오리를 보았다.

먹이를 먹은 새끼 검둥오리들은 만족스러운 듯이 곧바로 둥지 안에서 서로 몸을 기댄 채 자기 시작했기에 그 모습을 스크린샷으로 찍고 둥지에서 물러나자 어미 검둥오리가 둥지로 돌아왔다.

나와 토비는 계속 보고 싶었지만 아쉬워하며 스탬프 랠리의 결승점으로 향했다.

"왠지 오늘 하루 만에 스크린샷이 잔뜩 모였네."

"……여행사진 같네요. 평소에 잘 아는 곳일 텐데."

나는 오늘 하루 동안 찍은 스크린샷을 메뉴에 띄워 토비와 함께 보면서 걸어갔다.

"나중에 스크린샷을 정리해서 보내줄게. 그리고 루카하고 다른 사람한테 자랑할 수 있겠어."

"……감사합니다. 다음에는 모두 함께 돌아볼까요? 이번에는 다른 곳을 찾으러."

"좋은 생각이야! 레벨을 올리지는 못했지만 가끔은 이런 하루를 보내는 것도 좋은데!"

내가 한 말을 듣고 토비가 고개를 끄덕였고, 스탬프 랠리의 결승점에 도착한 뒤 퀘스트를 달성했다.

나중에 루카와 다른 사람들에게 스크린샷을 보여주고 실제로 새끼 검둥오리를 보러 가게 되었고, 다시 저수지를 방문하자 검둥오리들이 산책하는 것을 볼 수 있었다. 모두 함께 느긋하게 즐기면서 다음에는 괜찮아 보이는 곳을 모두 함께 다녀보기로 약속했다.

13화　전선 던전과 약점

타다닥, 나는 경쾌하게 달려가 필드에서 마을로 뛰어들었다.

"제4마을, 도착~!"

"도~착~!"

"정말, 뮤우 양하고 히노 양은 너무 들떴어요."

루카에게 혼나는 우리가 있던 곳은 제1마을 남쪽에 있는 습지대 필드를 지나면 나오는 새로운 마을이다.

제4마을인데, 이미 다른 호칭이 정착되어 있다.

"어떻게 할까? 바로 마을의 던전에 도전할까? 아니면 마을에서 퀘스트를 찾아볼까?"

"……던전이 있는 곳은 알아보기 쉬운 모양이에요."

히노와 토비가 말한 것처럼 이 제4마을에는 여러 던전의 입구가 있기 때문에 통칭── [미궁거리]라 불리고 있다.

"그야 물론, 던전에 가야지! 클리어할 거니까!"

"근디 뮤우. 어떤 던전에 도전할 거여?"

습지대를 통과하며 느낀 축축한 공기 때문에 축 늘어진 코하쿠의 질문을 이어받아서 말하는 것처럼 리레이가 손가락을 꼽았다.

"후후훗, 해방된 던전이 노멀 던전, 지하동굴 던전, 호러 던전이었죠."

"음~. 그게 고민이란 말이지."

전부 다 특징이 있어서 재미있을 것 같으니 도전하고 싶다. 그런데 어떤 던전부터 공략해야 할까.

"나는 노멀 던전부터 공략하고 싶은데, 다들 어떤 던전에 도전하고 싶어?"

나는 곤란하다는 듯한 표정을 지으며 모두에게 물어보았고, 다들 진지하게 생각해 주었다.

"저는 딱히 원하는 게 없긴 하지만요. 저도 노멀 던전으로 할까요?"

"나는 수속성 MOB이 나오는 지하동굴. 일반적인 벽돌로 만든 던전보다 넓으니까 큰 망치를 휘두르기 편할 것 같고…… 토비는 어떻게 할 거야?"

"……저는 [함정해제] 센스를 단련할 수 있다면 어디든 상관없어요. 그런데 함정이 많은 건 노멀 던전인 모양이네요."

루카와 토비가 노멀 던전, 히노가 지하동굴 던전, 그렇게 의견이 나뉘었다.

그리고 코하쿠와 리레이를 보니 먼저 리레이가 행선지에 대해 말했다.

"후후훗, 호러 던전이 괜찮을 것 같아요. 여러분의 귀여운 비명을 들을 수 있을 것 같으니까."

"리레이. 그런 이유 때문에 던전을 고른 거여? ……근디 이 멤버 중에서 여자애처럼 비명 지를 사람이 있긴 한당가?"

리레이의 의견을 듣고 코하쿠가 태클을 걸며 우리를 둘러보았지만 모두가 쓴웃음만 지었다.

나와 히노는 서치 & 디스트로이로 적을 쓰러뜨리고 루카와 토비도 담담하게 적을 벤다.

코하쿠와 리레이도 그렇게 귀여운 반응을 보일 타입은 아니다.

"리레이가 기대하는 것 같은 반응은 윤 언니가 보여주려나. 지네 형태 MOB을 보고 비명을 질렀으니까."

"후후훗, 좋은 정보를 들었네요. 그럼 좋은 건 아껴두어야 하니 호러 던전은 포기하도록 하죠."

"내는 강화 소재가 필요한디…… 다수결로 노멀 던전에 가는 거여?"

"그래. 하지만 다음에는 내가 가고 싶은 지하동굴 던전에 가야 해!"

"그야 물론이지! 나는 이 마을의 던전을 전부 즐길 생각이야."

지하동굴 던전에 갔으면 했던 히노와 코하쿠는 내 말을 듣고 다수결로 정한 것을 납득해주었다.

"그럼 바로 노멀 던전으로 가자!"

나는 주먹을 들어 올리고 미궁거리의 가운데 부근에 모여 있는 노멀 던전의 입구로 향했다.

"노멀 던전의 정보는 어느 정도 알고 계신가요? 죄송한데 저는 잘 몰라서."

미안하다는 듯한 표정을 짓는 루카가 한 말을 듣고 모두가 그제야 생각났다는 듯이 눈을 이리저리 굴렸다.

"그러고 보니 나도 잘 모르는데. 아니, 최전선 에리어 중한 곳이라 아직 완전히 공략되지 않았을걸?"

"……함정이 어렵다는 말은 들었어요."

"후후훗, 저는 적이 골치 아픈 스킬을 쓴다는 말만 들었네요."

"내는 제1층에 나오는 MOB이 물질 계열 MOB이라는 말을 들었는디."

그렇게 모두 함께 이야기를 나누고 고개를 갸웃거리면서 노멀 던전의 정보를 떠올렸다.

"그렇다면 말이야. 우리가 확인하러 가자! 어떤 MOB인지!"

"찬성, 찬성~! 나도 가고 싶어!"

나와 히노는 곧바로 던전으로 돌격하고 싶었지만, 토비가 약간 미묘한 반응을 보였다.

"……역시 정보는 있어야 할 것 같아요. 함정의 종류도 알고 싶고요."

"후후훗, 무난하게 공략하려면 필요하니까요."

토비가 낸 의견에 리레이가 맞장구를 쳤다. 역시 정보가 모이지 않은 상황에서 던전으로 돌격하는 건 무모한가? 그렇게 생각하고 있자니 루카와 코하쿠가 원호해주었다.

"그래도 아이템을 효율적으로 회수하거나 보스를 여러 번 잡는 걸 목적으로 삼고 있지는 않으니 가보는 것도 괜찮지 않을까요?"

"갑작스럽게 나오는 이벤트 보스는 애초에 정보가 없는 전투 아니여? 정보가 부족한 상황을 경험하는 건 나쁘지 않을 것 같은디."

그렇게 말하며 바로 던전에 도전하자고 말해주었다.

루카와 코하쿠의 의견을 듣고, 도비는 눈을 감은 뒤 생각한 다음 고개를 끄덕였다.

"……그래요. 준비를 완벽하게 갖추고 도전해야 한다는 건 좀 응석을 부리는 건지도 모르죠."

"후후훗, 그럼 진다는 전제하에 가볼까요?"

리레이는 농담처럼 그렇게 말했지만, 우리는 그럴 생각이 없었다.

"질 것 같지는 않지만, 가끔은 정보 없이 싸워서 도전해보는 것도 괜찮지 않을까?"

"역경이 있는 편이 더 불타오른다. 그렇긴 하죠."

내가 씩씩하게 대답하는 한편, 루카는 턱에 손을 대고 혼자서 뭔가 납득하고 있었다. 그런 우리를 보고 히노와 토비가 쓴웃음을 지었다.

"그럼 이대로 가도 된다는 거지?"

내가 다시 묻자, 다들 납득하고 고개를 끄덕였다.

그리고 우리는 곧바로 미궁거리에 있는 포탈을 등록하고 노멀 던전 입구로 향했다.

●

마을 중심에 사방으로 늘어서 있는 것이 미궁거리의 던전 입구다.

우리가 까만 막처럼 세워져 있는 돌문을 지나자 노란 벽돌로 만들어진 넓은 방이 나왔다.

벽돌로 만들어진 던전은 벽 전체가 희미한 빛을 뿜어내고 있었기에 광속성 마법이나 랜턴 같은 조명, 암시 같은 것이 필요 없을 정도로 밝았다.

여러 무리의 플레이어들이 그 넓은 방에서 뭔가 이야기를 나누더니 세 개 있는 통로 중 어떤 곳을 향해 걸어가기 시작했다.

"호오, 던전 안은 이렇게 되어 있구나. 걸어 다니기 편할 것 같네."

"그렇죠. 이 정도면 진형이나 싸우는 방식은 평소대로 유지해도 될 것 같네요."

내가 던전의 천장과 벽을 둘러보고 있자니 옆에 있던 루카가 맞장구를 쳤다.

"음~. 어느 방향으로 갈까? 던전 구조 같은 걸 잘 모르는데, 어느 쪽으로 가지?"

히노가 고개를 내밀어 오른쪽 통로를 들여다보았고, 토비가 정면 통로, 코하쿠와 리레이가 왼쪽 통로를 들여다보고 있었다.

그런데 이곳에서는 앞서간 플레이어의 등과 아무것도 없는 통로만 보였기에 판단할 요소가 없다.

어느 쪽 통로로 갈까…….

"좋아, 막대기로 정하자!"

"그런 방법으로……."

나는 힘차게 소리치고 허리에 차고 있던 검을 칼집까지 통째로 빼내어 지면에 세웠다. 히노는 이쪽을 돌아보고 어이없다는 듯이 보았지만, 나는 신경 쓰지 않고 검에서 손을 뗐다.

그리고 천천히 쓰러진 검이 가리킨 방향은――.

"어라, 출구 쪽으로 쓰러져버렸네. 돌아가서 다시 단련하라는 뜻인가?"

"뮤우, 뭐하는 거여? 미궁을 샅샅이 뒤지면 되는 거 아닌감?"

코하쿠가 예전에 유적형 던전을 탐색했을 때처럼 왼쪽으로 계속 나아가자고 제안하자, 우리는 고개를 끄덕이고 왼쪽 통로로 나아갔다.

유적형 던전 때는 곳곳에 무너진 벽을 통해 보이는 푸른 하늘 덕분에 몰랐는데, 이 던전은 어둡지는 않지만 빈틈이 없는 벽돌 풍경이라 압박감이 느껴졌다.

파티 선두에서 함정을 발견하는데 전념하고 있던 토비에게 물어보니 발치를 조심하며 통로 벽돌에 분필 같은 것으로 표시를 하고 있었다.

"토비, 그게 뭐야?"

"함정을 해제하면 시간이 오래 걸리니 피할 수 있는 함정에 표시를 했어요. 잘 피해주세요."

바닥과 벽에 하얀 표시가 되어 있고, 가끔 히노에게 지시를 내려서 장창으로 벽의 벽돌을 찔러달라고 하자 벽과 천장에서 창과 화살이 튀어나왔다.

"우와, 꽤 흉악한 함정이네."

"……저게 전부가 아니에요. 창하고 화살에는 상태이상약이 부여되어 있어요."

토비는 그렇게 말하고 방금 발동시킨 함정으로 인해 튀어나온 창 틈을 나아가며 다른 함정이 발동되지 않게끔 움직였다.

우리도 그 뒤를 따라가서 갈라진 통로를 왼쪽으로 나아가자 어떤 막다른 방에 도착했다.

그곳에는 방 안에 대기하는 듯이 적 MOB 무리가 있었다.

"저게 이 던전의 적 MOB이구나."

"왠지 즐거워 보이는 것 같은 MOB이네요."

"아니, 그건 던전이 밝아서 그라제. 어두웠으면 살짝 호러였을 거여."

루카와 코하쿠가 그렇게 말하며 바라본 곳에는 공중에 둥실둥실 떠서 움직이는 도구가 있었다.

갈색 로브가 공중에서 춤췄고, 철검이 부웅부웅 공기를 가르는 소리를 울리고 있었다.

로브 모양 MOB은 매지컬 로브. 공중에 떠 있는 검은 폴터 소드.

언데드 계열인 건지, 본체가 따로 있는 건지, 아니면 저 도구 자체가 본체인 건지…… 정보가 없기 때문에 보기만 해서는 판단하기가 힘들다.

"매지컬 로브가 네 마리, 폴터 소드가 세 마리인가요? 어떻게 하시겠어요?"

"음~, 좁은 곳으로 끌어들여서 한 마리씩 공격하는 방법은……."

"후후훗, 안 될 것 같은데요? 그런 전법은 소수로 안전하게 사냥하는 방법이죠. 우리는 마법으로 선제공격을 가한 다음 단숨에 덤비는 게 더 빠를 것 같거든요."

리레이가 고개를 살짝 갸웃거리며 미소를 짓고 제안했다. 나와 루카는 눈짓을 주고받으며 그 제안이 괜찮을 것 같다고 고개를 끄덕인 뒤 다른 사람들에게도 물었다.

"리레이의 제안을 채용하고 싶은데, 어떻게 할까?"

"나는 미지의 적 MOB과 전투를 벌일 거면 좀 더 신중하게 싸우는 게 나을 것 같은데."

"……그래도 전투에서 주도권을 얻을 필요는 있죠."

"내는 평소처럼 강습하면 될 것 같은디. 근디 히노가 그렇게 신중한 의견을 낼 줄은 몰랐제."

"코하쿠, 그게 무슨 소리야? 마치 내가 근육뇌인 것 같잖아!"

"항상 뮤우하고 같이 들떠 있으니께 그렇게 생각했을 뿐이여. 너무 그라지 말랑께."

볼을 부풀리고 허리에 손을 댄 채 따지는 히노, 그리고 두 손을 모으며 미안하다는 포즈를 취한 코하쿠. 둘 다 진심으로 그렇게 말한 것은 아니었기에 몇 초 뒤에 둘 다 웃음을 터트리자 전투의 방침이 정해졌다.

"그럼 평소처럼 코하쿠와 리레이 두 사람이 선제공격을 하는 것과 동시에 저와 뮤우 양, 히노 양이 정면으로 공격, 토비 양이 유격을 맡는 거네요."

모두가 고개를 끄덕이고 곧바로 준비를 갖췄다.

"후후훗, 갑니다! ──《플레임 서클》!"

"──《리틀 토네이도》!"

리레이가 만들어낸 불꽃의 고리가 적 MOB 일곱 마리 중 세 마리를 둘러싸고 줄어들었다.

그리고 모여들어 폭발한 불꽃을 코하쿠의 작은 소용돌이가 더욱 거세게 만들었고 불꽃의 위력을 키워 주위에 휘몰아치게 만들었다.

"잠깐, 처음부터 너무 힘을 많이 썼잖아!"

깜짝 놀란 내 목소리가 바람과 불꽃의 소리에 묻히는 와중에 방 전체에 열기가 휘몰아쳐서 전위들이 발을 내딛지 못하고 있었다.

그리고 불꽃이 완전히 걷힌 뒤에는 적 MOB이 남아 있지 않았고, 메뉴에 적이 드롭한 아이템이 늘어서 있었다.

"으으, 활약하지 못했어……."

"뭐여, 아무것도 아니네."

나는 전투에 참가하지 못해서 입술을 삐죽댔고, 코하쿠는 허무하게 쓰러진 적 MOB을 보고 어이없어하는 눈치였다.

"자자, 이번 적 MOB이 마법에 약한 MOB이었을지도 모르니까요. 상관하지 말고 앞으로 나아가죠."

루카가 우리에게 지시를 내리면서 던전 탐색을 재개했다.

MOB이 몇 마리 있는 방에서 전투를 벌이고 함정을 해제하거나 피하면서 안쪽으로 나아가 보니 우리 눈앞에 긴 통로가 이어져 있었다.

던전에서 자주 볼 수 없는 장거리 직선 통로, 그리고 안쪽이 오른쪽으로 휘어져 있었다.

"……멈추세요. 와이어 트랩이네요. 잡아당기면 화살이 날아와요."

"사전 정보대로 이 던전에는 함정이 많구나. 해제할 수 있을 것 같아?"

나와 히노는 바로 함정을 해제하기 시작한 토비를 옆에서 바라보며 물었다.

"……괜찮아요. 와이어를 떼어내면 함정이 고쳐지기 전까지는 무사할 거예요."

바닥에 깔려 있는 함정 근처를 조사하고 와이어 트랩에 [함정해제] 스킬을 발동시키자 철컥거리는 소리와 함께 함정이…… 작동되어버렸다.

"저기, 토비. 기분 나쁜 소리가 들린 것 같은데……."

"……죄송합니다. 이중 트랩이네요. 와이어 트랩을 해제하려 하면 다른 함정이 작동하는 구조예요. 올바른 순서는 다른 함정을 해제하고 나서 와이어 트랩을 해제하는 거예요."

함정해제 순서를 착각한 토비는 미안하다는 듯이 설명해 주었다.

그러는 동안에도 던전 벽 뒤쪽에서 철컥철컥철컥, 불안함을 부추기는 소리가 들렸기에 우리는 모두 함께 대비했다.

그리고 우리가 지나왔던 통로 벽에서 파직파직, 푸르스름한 그물 모양 빛이 생겨나 서서히 다가왔다.

"잠깐, 저게 뭐야?! 저건 무슨 함정이야?!"

고개를 돌려 뒤쪽에서 다가오는 푸르스름한 그물 모양 빛의 정체를 보며 나는 토비에게 물었다.

"……죄송합니다! [전자 네트]라는 함정 이름밖에 모르겠어요!"

"그럼 언제 해제되는데!"

발이 빠른 나와 히노, 토비가 앞서서 통로를 뛰어갔고 마법사인 코하쿠와 리레이, 그 두 사람의 속도에 맞춰주는 루카, 그렇게 두 줄로 [전자 네트]에게서 벗어나기 위해 안쪽으로 나아갔다.

일단 안쪽 모퉁이까지 가자고 생각하며 그곳을 향해 있는 힘껏 뛰어가서 나와 히노가 모퉁이를 오른쪽으로 꺾자——

덜컥, 발치에서 소리가 울렸다.

"……뮤우 양, 히노 양. 그 모퉁이 앞은 함정투성이예요."

"으아아아앗, 토비. 함정해제해줘어어어!"

"……[전자 네트]이 다가오고 있는데 그러고 있을 시간은 없어요!"

울상을 지으며 앞에서 달려가는 히노에게 토비도 울상을 지으며 말했다.

전자 네트에게서 도망치기 위해 다시 뛰어가기 시작하다 보니 또 발치의 함정을 밟거나, 통로에 걸려 있던 실을 몸으로 끊기도 하면서 계속 함정을 발동시켜버렸다.

그 함정 중 대부분은 우리가 있는 힘껏 뛰어간 뒤에 작동되었기에 앞줄에 있던 나와 히노, 토비에게는 영향이 없었지만…….

보라색 연기가 벽에서 푸슉 뿜어져 나왔고 그것이 루카의 얼굴에 닿자──.

"어라? 왠지 점점 졸린데."

"이런, [수면] 상태이상이여! 루카토! 자면 안 된당께! 자면 따라잡힐 거여!"

이번에는 천장에서 노란 가루가 든 작은 주머니가 코하쿠의 머리 위로 떨어졌고, 안에 들어 있던 가루가 쏟아져 나오자──.

"모, 몸이, 저려서, 움직일 수가 없는디."

"후후훗, 당신의 희생을 헛되게 하지 않겠어요!"

"내도 구하라고!"

[수면] 상태이상으로 인해 잠든 루카토를 부축하며 도망친 리레이는 [마비]로 인해 몸이 굳은 코하쿠를 내버려 두

고 전자 네트으로부터 도망쳤다.

남겨진 코하쿠가 전자 네트에 닿은 순간──.

"아야얏! 아픈디! HP도 2할이나 깎였어야!"

흐르는 전류의 통증으로 인해 코하쿠의 상태이상도 해제되어 쏜살같이 뛰어가기 시작했다.

그동안에도 앞에서 뛰어가던 우리는 여러 가지 함정을 기동시켜서 뒤에 있던 루카 일행에게 함정을 떠넘기는 느낌이 되어버렸다.

루카도 [수면] 상태이상에서 회복되어 스스로 달릴 수 있게 되자 이번에는 피할 틈도 없이 여러 함정이 발동되어 색이 뒤섞인 안개 속으로 세 사람이 뛰어들어 가는 것이 보였다.

"루카! 코하쿠! 리레이!"

우리가 앞장서서 도망치며 발동시킨 함정에 휘말린 세 사람의 이름을 불렀고, 상태이상 안개 속에서 빠져나온 세 사람을 보았을 때는 약간 안심이 되었다.

하지만──.

"뮤우 양, 비켜주세요! 그 적을 쓰러뜨릴 수가 없어요!"

"후후훗, 오드아이 로리 몸매 소녀 히노 양, 귀여워요, 작아요, 부드러워 보여요, 먹어버리고 싶을 정도예요! 기다리세요~."

"니들, 아까는 잘도 내버려 두고 갔제! 전자 네트에 걸려 보랑께!"

루카는 [혼란], 리레이는 [매료], 코하쿠는 [분노] 상태이상에 걸려 우리를 쫓아왔다.

"정말~! 언제까지 이게 계속되는 거야!"

"뮤우, 건너편에 방이 있어! 저기까지 도망치자!"

여러 가지로 뒤섞인 와중에 통로 모퉁이를 오른쪽으로 돌자 막다른 곳에 방이 있었다.

그곳으로 가면 전자 네트가 쫓아오지 않을 테고, 루카 일행에게 차분히 회복마법을 걸어줄 수가 있다.

하지만 마지막 직선에도 마찬가지로 함정이 설치되어 있었다.

"우리가 또 함정을 밟은 것 같은데, 이번에는 뭐야?"

좀 전의 통로는 상태이상 안개가 많은 직선이었는데, 이번에는 어떤 함정이 발동된 걸까.

뒤따라오는 루카 일행이 또 함정에 휘말리지 않았으면 좋겠다고 걱정하고 있자니, 토비가 달려가며 함정에 대해 설명해주었다.

"……이 함정은 기동시킨 곳에 효과가 생겨나는 것이 아니라 조금 앞쪽에 함정이 나타나는 모양이네요. 마침 눈앞에."

"쫓기고 있다는 걸 전제하고 함정을 배치한 거야?!"

깜짝 놀란 히노는 발동시킨 함정으로 인해 가라앉은 던전 바닥을 점프로 뛰어넘었지만 착지하는 것과 동시에 새로운 함정이 작동했다.

"히익?! 이번에는 창, 그리고 화살?!"

"……벽에서 회전톱?!"

"포박용 그물 같은 건 필요 없어!"

히노는 지면과 천장에서 튀어나오는 창을 큰 망치로 파괴하고 벽 틈새에서 사출된 화살을 피했다. 토비는 통로의 벽에서 갑작스럽게 나타난 허리 높이 정도의 회전톱을 앞구르기로 피하고 속도를 늦추지 않은 채 아래쪽으로 파고들었다. 나는 포박용 그물을 검으로 잘라냈다.

불행 중 다행인 건 그 공격적인 함정이 뒤에서 쫓아오는 루카가 도착하기 사라져서 함정에 걸리지 않았다는 점이다.

그리고 그 함정 회랑을 지난 곳에 있는 방에 뛰어든 다음 뒤를 돌아보았다.

루카 일행도 여러 상태이상에 걸린 채 방으로 뛰어들었기에 나는 타이밍을 맞춰 회복마법을 사용했다.

"——《디스펠》, 《쿨다운》!"

나는 [매료]를 해제하는 《디스펠》, [혼란]과 [분노]를 해제하는 《쿨다운》을 사용하여 루카 일행을 제정신으로 되돌렸다.

회복되기 직전에 혼란 상태에 빠져 뛰어든 루카는 그 기세로 인해 내게 공격하러 나섰고, 내가 겨우 몸을 굴러 피한 곳에서는 루카의 바스타드 소드가 노란색 벽돌로 만든 벽을 깊숙이 찌르며 멈췄다.

"헉?! 제가 방금 무슨 짓을!"

제정신으로 돌아온 루카는 허둥대기 시작했고, 나는 함정 회랑을 빠져나오며 쌓인 정신적인 피로로 인해 그 자리에 주저앉아버렸다.

"회복되었으니까……, 리레이, 달라붙지 마~."

"후후훗, 히노 양의 볼은 탱탱하네요. 혹시 아직 [매료] 상태이상이 남아 있을지도 몰라요. 얼른 치료해달라고 해야겠네요."

나와 마찬가지로 함정 회랑을 빠져나와서 지친 히노를 껴안으며 볼을 비벼대는 리레이. 코하쿠도 지쳤는지 리레이를 말리지도 않고 그 자리에 주저앉아버렸다.

"피곤하다. 이제 일어설 기력도 없어, 히노."

"그래. 완전히 녹초가 되었어, 뮤우."

겨우 리레이를 떼어낸 히노와 등을 기대고 그 자리에 주저앉았다.

함정 회랑을 나아가게 된 원인이었던 전자 네트는 지금 통로 입구 앞에서 멈춰 있고, 서서히 푸르스름한 빛이 얇아지는 걸 보니 금방 사라질 것 같았다.

"피곤하네요. 쫓기게 되는 것하고 상태이상 때문에 몸이 생각대로 움직이지 않는다는 것이 이렇게 힘든 건지 처음 알게 되었어요."

"더 좋은 방법이 있었을 것인디, 처음 와보는 거니께 대책을 세울 수가 없제."

상태이상에 휘둘린 루카와 코하쿠는 지쳐서 그런지 기운이 없었다.

"또 그 함정 통로로 가야 해? 나는 다시 가고 싶지 않은데!"

"돌아갈 때는 어떻게 하지? 여기서 로그아웃한 다음에 마을에서 다시 로그인할까?"

우리는 그렇게 말하며 매우 소극적인 방법을 생각했지만, 혼자서 조용히 방안을 조사하던 토비가 말을 걸었다.

"……괜찮을 것 같아요. 방 안에 귀환용 장치가 있으니까요."

이 함정 회랑은 소용돌이 형태인데다 방안에 함정 회랑 앞으로 통하는 일방통행 통로를 발견했다고 한다.

"역시 토비야! 사랑해!"

"나도 사랑해!"

"……흐엑?!"

나와 히노가 동시에 뛰어가 토비를 양쪽에서 감싸는 듯이 껴안았다.

그로 인해 놀란 토비는 긴장해서 몸이 굳었고, 그 모습을 본 리레이는 부러운 듯한 눈빛으로 토비를 보고 있었다.

"……그, 그리고요. 방 안쪽에서 보물상자를 찾아냈어요."

"보물상자! 이렇게 힘든 통로를 뛰어왔으니 분명 레어 아이템일 거야!"

"분명 그렇겠지. 토비, 바로 우리를 안내해줘!"

중간에 위축되어가던 정신이 보물상자라는 말을 들은 순

간 부활했다.

그리고 토비가 커다랗고 화려한 보물상자 앞으로 우리를 안내해주었는데, 표정이 좀 굳어 있었다.

"……이상한 보물상자예요. [간파] 센스가 약간 반응하는데 [함정해제] 대상이 보이지 않아요."

"그럼 함정이 없는 거 아니야? 지금까지 고생했으니 희귀 아이템이 들어 있는 보물상자에 함정을 설치하진 않겠지."

"바로 열어보자. 나는 빨리 안에 있는 아이템을 보고 싶어!"

나와 히노는 바로 열려 했지만, 토비는 그 센스의 반응이 무엇인지 몰라서 여는 것을 내키지 않아했다.

"모르니까, 보물상자를 열어보면 알 거야!"

"그리고 약간 문제가 생겨도 우리가 해치울 거고!"

"……알겠습니다."

나와 히노가 모두에게 당당한 모습을 보이며 보물상자 앞에 섰다.

"그럼 열게."

"하나~ 둘~!"

나와 히노가 묵직해 보이는 큰 보물상자 뚜껑에 손을 대고 밀어 올리자 그 안에는——.

"어?"

"응?"

보물상자 안에는 안쪽을 향해 빽빽하게 나 있는 가시 같은 이빨. 그 안에서 긴 혀가 뻗어 나와 나와 히노를 붙잡고

보물상자 안으로 끌고 들어가 버렸다.

"뮤우 양! 히노 양!"

루카의 목소리를 들으며 머리부터 보물상자에 집어 삼켜진 나와 히노. 안쪽을 향해 빽빽하게 나 있던 이빨이 의외로 부드럽다. 그렇게 생각하며 그 안쪽의 허공으로 떨어졌고 세계가 암전되었다.

──적의 특수공격 성공으로 인해 행동불능 상태가 되었습니다. 이 상태에서는 소생 계열 아이템, 스킬을 사용할 수 없습니다.

암전된 세계 안에서 나와 히노 앞에 그 글자만 나타났다.

나와 히노 말고는 아무도 없는 새까만 공간에서 아무것도 하지 못하고 그저 멍하게 있던 우리는 잠시 후 미궁거리 포탈 앞에서 부활했다.

"져버렸구나. 히노."

"져버렸구나, 뮤우."

"그것도 통째로 집어 삼켜지다니."

"그래. 아니, 창피해! 그렇게 자신만만하게 보물상자를 열었는데, 통째로 집어 삼켜지다니!"

큰 소리로 외치고 머리를 감싸며 주저앉은 히노와 마찬가지 심정이었다.

나도 함정 회랑을 빠져나간 뒤에 적의 즉사기를 맞고 죽어서 돌아오게 될 줄은 몰랐다.

보물상자를 수상하게 여기던 토비의 생각을 무시한 우리 잘못이다.

그 뒤로 루카 일행에게 프렌드 통신으로 연락을 취해보니 식인 미믹을 쓰러뜨리고 금방 돌아온다고 했다.

우리는 던전 앞에서 루카 일행이 돌아오는 것을 기다리며 좀 전의 짧은 시간 동안 얻은 정보를 정리했다.

"함정하고 의태한 미믹을 알아보는 건 토비의 센스에 맡긴다 쳐도, 그것 말고 우리 파티의 약점을 알아버렸네."

"그래. 상태이상에 약하구나. 장비나 센스에 상태이상 내성이 필요하겠어."

상태이상은 플레이어의 DEF와 MIND의 방어 스테이터스로도 저항할 수 있지만, 내성 장비나 내성 센스를 가지고 있으면 잘 걸리지 않게 된다.

상태이상 함정에 간단히 걸려버린 것은 문제라 할 수 있을지도 모르겠다.

"가장 간단한 방법은 액세서리를 교체하는 거지."

나는 메뉴를 띄우고 내 장비를 보며 액세서리 장비칸이 비어 있는 것을 확인했다.

"그리고 전력을 깎아서 내성 센스를 넣을지 여부인데. 아까 던전에 있던 적 MOB의 스테이터스 자체는 낮은 느낌이었으니까 아마 ATK나 INT 스테이터스가 오르는 센스는 필요 없을 것 같아."

히노는 그렇게 말하고 자신의 센스 스테이터스를 띄운 뒤 이것도 아니고, 저것도 아니고, 그렇게 말하며 몇 가지 센스를 교체하고 있었다.

그러던 동안 루카 일행이 무사히 던전에서 탈출하여 데스 페널티를 받은 우리와 합류했다.

"뮤우 양! 히노 양! 괜찮으신가요?! 미믹에게 통째로 집어삼켜지셨는데요!"

"괜찮아, 괜찮아, 아무렇지도 않아!"

"우리는 져버렸지만, 다들 무사해서 다행이야."

우리가 그렇게 말하며 맞이하자 다들 한순간 미안하다는 표정을 지었지만, 금방 원래 표정으로 돌아왔다.

"미안해. 우리가 그렇게 자신만만했는데 갑자기 즉사기를 맞아서."

"아뇨, 저희도 상태이상에 걸려서 폐를 끼쳤으니까요."

"……함정해제를 실패하거나 미믹이라는 것을 눈치채지 못했던 저도 문제죠."

다들 반성할 점이나 개선할 점이 있는 결과가 나와서 모두 함께 침울해졌지만——.

"원래 정보가 적은 던전에 도전한 건 고전하는 상황을 체험하려는 목적 때문이었고, 각자의 과제나 약점 같은 걸 찾아냈으니 딱히 문제는 없지!"

내가 일부러 밝게 말하자, 다들 덩달아 미소를 지었다.

"후후훗, 그래서요? 뮤우 양과 히노 양의 과제는 뭔가요?"

"그건 이동하면서 말해줄게. 어차피 우리가 받은 데스 페널티가 해제되기 전까지는 던전에 도전할 수도 없으니까."

그렇게 말하는 히노에게 모두가 고개를 끄덕였고, 포탈을 통해 제1마을로 간 다음 나와 히노가 생각한 것, 그리고 적 MOB과 상태이상 대책에 대해 이야기를 하며 어떤 곳으로 향했다.

"하긴, 뮤우 양하고 히노 양 말대로 그런 대책이 필요하긴 한데…… 어디로 가는 건가요?"

"플레이어가 낸 노점이야. 확실한 상태이상 대책인 액세서리를 만드는 것도 좋겠지만 시간이 오래 걸릴 테니까 이미 완성되어 있는 걸 찾으려고."

생산직에게 오더 메이드로 주문하는 액세서리는 꽤 제대로 만들어주겠지만 그에 맞는 돈이 필요하다. 그에 비해 생산직이 레벨을 올리기 위해 만든 액세서리는 효과가 약한 반면에 저렴하게 대충 쓰다 버린다는 느낌으로 사용할 수 있다.

"뭐, 이번에는 어쩔 수 없지. 나는 디자인이 통일되지 않은 것 같은 액세서리를 장비하는 건 별로 좋아하지 않는데."

히노는 마음이 썩 내키지 않는 모양이었다.

그리고 나와 함께 노점을 돌아다니던 와중에 아는 사람이 노점을 낸 것을 발견했다.

"앗, 윤 언니, 그리고 마기 씨!"

"뮤, 뮤우…… 그리고 루카토네구나."

상품을 진열해놓은 노점에서 느긋하게 차와 과자를 펼

쳐놓고 이야기를 나누고 있던 윤 오빠와 마기 씨에게 달려 갔다.

나는 맛있어 보이는 쿠키가 담겨 있는 접시에 시선이 고 정되었다.

"언니! 쿠키는 얼마에 파는 거야?"

"이건 파는 물건이 아니라 비매품이야!"

"어~?"

말은 그렇게 했지만 내가 빤히 바라보고 있자니 포기한 듯이 한숨을 쉬었다.

"정말…… 어쩔 수 없지."

그렇게 말하며 우리에게 쿠키가 담겨 있는 접시를 내밀 었다.

우리는 그쪽으로 손을 내밀고 깔끔한 버터 향기를 즐겼다.

그리고 우리는 쿠키를 먹고 숨을 돌린 다음 윤 오빠와 마 기 씨의 노점 상품을 처음으로 보았다.

"아~, 액세서리를 팔고 있구나. 앗, 이건 히노에게 어울 릴 것 같아."

"앗, 정말이네. 이거 귀여워서 좋은데."

나와 히노가 어떤 액세서리를 들고 둘이서 함께 바라보 았다.

그리고 가격도 적당하고 상태이상 내성 계열 효과도 있 었다.

"이거 마기 씨가 만드신 건가요?"

"아니. 그건 윤 군이 만들었어. 귀엽게 나왔지?"

그렇게 말하는 마기 씨에게서 눈을 돌려 윤 오빠를 보니 쑥스럽다는 듯이 얼굴을 붉히며 차를 마시고 있었다.

"자, 내가 만든 것보다는 마기 씨가 만든 액세서리도 있으니까 보라고."

"어~? 그래도 이게 귀여운 것 같은데."

"저는 이 빨간 게 좋네요."

"……이 차분한 색이 좋아."

"내는 이 수수한 색이 마음에 드는디."

"후후훗, 저는 이거네요."

모두가 그렇게 말하며 각자 들어 올린 액세서리를 보고 마기 씨가 쿡쿡대며 웃었다.

"윤 군, 잘됐구나. 다들 윤 군이 만든 게 좋다고 해줘서."

"으으윽……."

보아하니 우리가 고른 액세서리는 윤 오빠가 만든 것 같았다.

"그런데 우리 장비하고 색이 비슷하네. 아니, 지나치게 비슷해. 우연인가?"

히노가 묻자, 얼굴이 새빨개진 윤 오빠가 포기했다는 듯이 축 늘어졌다.

"으윽, 그래. 그건 전부 뮤우 일행에게 맞춰서 만든 액세서리야."

"어?! 그래?!"

"아이템의 스테이터스가 올라갔는데, 디자인 쪽 기술이 늘지 않아서 뮤우 일행의 이미지에 맞춰서 액세서리를 만들면서 연습했다고."

"그리고 윤 군은 이렇게 몰래 노점에서 팔면서 처분했던 거지. 언젠가 모두에게 제대로 된 액세서리를 만들어줄 수 있게끔."

마기 씨가 덧붙여서 말해주자, 윤 오빠는 부끄러워하며 고개를 푹 숙여버렸다.

"후후훗, 윤 씨, 귀엽네요. 덮치고 싶을 정도로."

"리레이. 창피해서 풀죽은 사람한테 뭔 소리를 하는 거여!"

당장에라도 덤벼들 것 같은 리레이를 뒤에서 붙잡은 코하쿠 옆에서 히노가 윤 오빠 앞에 앉아 말을 걸었다.

"강한 액세서리 같은 걸 받으면 기쁘긴 하겠지만, 우리는 윤 씨가 그렇게 생각해주는 게 더 기뻐. 그러니까 이거 받아도 돼?"

"그거? 내가 틈틈이 만든 거라 어정쩡한데."

"응. 그리고 주문해도 될까? 물론 돈은 낼 거야."

히노가 한 말을 듣고 고개를 든 윤 오빠는 깜짝 놀란 표정으로 히노에게 주문을 받았다.

액세서리에 추가효과를 부여하려는 주문이었다.

팔 때 사는 사람이 원하는 효과를 바로 부여해줄 예정이었는지 윤 오빠는 바로 우리 여섯 사람의 액세서리에 추가효과를 부여해주었다.

나와 코하쿠, 리레이, 이 세 사람은 마법을 사용하기 때문에 방해받지 않게끔 [저주 내성]과 [혼란 내성]을 액세서리에 부여해달라고 했다.

루카는 [마비 내성]과 [수면 내성]. 토비는 [기절 내성]과 [분노 내성]을 부여했다.

마지막으로 히노는──.

"나는 내성 계열이 아니라 MIND 스테이터스 상승이 더 좋을 것 같아."

히노는 순수한 물리 어태커이기 때문에 물리 계열 상태 이상은 스테이터스로 저항할 수 있다. 하지만 그런 반면에 [저주], [매료], [혼란], [분노] 등의 정신 계열 상태이상에 약하다.

그래서 그렇게 주문한 모양이었다.

"그럼 [MIND 보너스], 그리고 하나 더 넣을 수 있으니까 [MIND 부가]면 되려나?"

윤 오빠는 마기 씨를 힐끔 보았고, 마기 씨는 쓴웃음을 지으며 고개를 끄덕였다. 그렇게 무사히 모두의 액세서리가 갖춰졌다.

"윤 씨! 고마워! 이제 던전에 도전할 수 있겠어!"

히노가 대표로 고맙다는 인사를 하자, 마침 타이밍 좋게 나와 히노의 데스 페널티가 해제되었다.

우리는 윤 오빠와 마기 씨가 있는 곳을 떠나 던전에 도전하기 위해 미궁거리로 포탈을 통해 워프한 다음 던전 앞에서 장비를 갖추고 미처 보완하지 못한 상태이상은 내성 센스를 새로 취득해서 대처했다.

그리고 다시 던전에 발을 내디딘 다음 이번에는 입구에서 오른쪽으로 나아갔다.

이번에는 강습으로 우위를 살리는 전투가 아니라 일부러 상태이상에 걸려 내성 액세서리와 센스 효과를 확인했다.

"역시 내성 센스 레벨이 낮으니 스테이터스가 떨어지는구나. 지금은 레벨이 낮으니까 상태이상이 걸리는 정도는 스테이터스로 저항할 때와 별로 차이가 없는 것 같아."

히노는 자신의 몸의 상태를 확인하려는 듯이 재빠르게 장창을 휘두르며 매지컬 로브를 갈랐다.

"그렇긴 하네요. 하지만 내성 계열 센스 쪽은 성장하겠지만 액세서리는 막아낼 확률이 좀 불안해요."

내성 센스 쪽은 약 6할의 확률로 상태이상 공격을 막아내지만 내성 액세서리는 약 5할 정도다.

센스는 레벨이 올라서 내성 효과와 스테이터스가 오르면 막아낼 확률이 더 올라갈 것이다. 하지만 아직 불안한 여지가 있다는 점을 루카가 지적했다.

"아까 윤 씨와 만났을 때 생각났는데, [인챈트 스톤]을 쓰는 건 어때? 스테이터스를 보조해줄 테니 전투 효율도 올라갈 테고, 방어 스테이터스를 올리면 상태이상 저항 확률도 올라가지 않을까?"

히노의 제안을 받아들이고 곧바로 모두 함께 윤 오빠의

가게에서 산 [인챈트 스톤]을 사용했다.

그렇게 스테이터스를 올리면서 여러모로 검증을 진행했다.

그 결과 전투 효율이 극적으로 올라가……지는 않았지만 골치 아픈 상태이상 저항 확률이 올라갔기에 잠시 DEF와 MIND를 올려주는 인챈트 스톤을 쓰기로 했다.

"좋았어~, 이대로 팍팍 이 계층을 공략할 거야!"

힘차게 소리치며 노멀 던전을 나아가다 적을 발견하면 쓰러뜨리고 아이템을 회수해나갔다.

그중에는 던전답게 쓰러진 적 MOB이 보물상자를 남기기도 했지만, 미믹에게 통째로 집어 삼켜진지 얼마 지나지 않은 나와 히노는 다가가지 않고 전부 토비에게 떠넘겼다.

그리고 보물상자를 열어보니 나온 것은 던전산 레어 장비와 우리가 장비하고 있는 것 같은 상태이상 내성 액세서리였다.

그렇게 전투를 반복하며 가끔 상태이상에 걸렸을 때도 내회복마법과 상태이상 회복약을 사용하며 문제없이 나아가서 드디어 제2계층으로 이어지는 계단을 발견했다.

"여기는 지하로 내려가는 계단이구나! 바로 내려가 보자!"

아직 제1계층의 전체적인 모습을 파악하지는 못했지만 기세를 살려 제2계층으로 내려갔다.

그곳은 지금까지 본 것과 별 차이가 없는 노란색 벽돌 던전이었는데, 처음 나온 방부터 나타나는 몹이 달랐다.

"제1계층에는 없었던 새로운 MOB도 있구나."

안을 들여다보니 중형 코브라 같은 적이 똬리를 틀고 있었고, 비늘가루를 뿌리는 화려한 거대 나방이 천장에 달라붙어 있었다.

"그럼 가죠. 돌격!"

루카의 신호와 함께 모두가 방으로 뛰어들어 적 MOB을 기습했다.

그런데 제2계층에서 새롭게 나타난 MOB도 마찬가지로 골치 아픈 상태이상을 가지고 있었다.

"잠깐, 독안개라니, 콜록콜록⋯⋯."

"⋯⋯윽?! 비늘가루에 마비가."

코브라가 고개를 들고 독안개를 내뿜었고, 천장에 있던 거대 나방이 날개를 퍼덕이며 [마비]를 일으키는 비늘가루를 방에 뿌렸다.

나는 독안개를 피하기 위해 뒤쪽으로 뛰어서 물러났고, 토비는 견디지 못하고 머플러로 입가를 가렸다.

제1계층에서는 [혼란]과 [매료], [분노] 상태이상이 많았기에 [독]이나 [마비] 같은 상태이상은 대처가 약간 미비했고, 그 부분을 제대로 찔렸다.

"코하쿠! 바람 부탁해!"

"알았당께! ─《리틀 토네이도》!"

히노는 주위에 있던 제1계층에서 싸운 적 MOB을 먼저 해치웠고, 코하쿠가 만들어낸 작은 소용돌이가 방에 가득 퍼져 있던 독안개와 비늘가루를 날려버렸다.

하지만 첫 번째 공격으로 인해 루카는 [독]에 걸려 울상을 지으며 기침했고, 토비는 [마비] 때문에 괴로워하고 있었다.

"철수, 철수~!"

기침 때문에 지시를 내리지 못하는 루카 대신 히노가 철수 지시를 내리며 나와 함께 후방을 맡았다.

내가 루카를 《큐어》 마법으로 해독시켜주고, 코하쿠와 리레이가 [마비]에 걸려 움직임이 둔해진 토비를 부축하며 철수했다.

"——《솔 레이》! 히노도 얼른 도망치자!"

나는 히노가 도망치기 편하게끔 수렴광선 마법으로 적을 격추시키며 철수하는 것을 도왔다.

"좋았어, 루카하고 다른 사람들도 도망쳤으니 우리도 물러나자!"

나와 히노는 망설임없이 계단 쪽으로 뛰어가려 했지만, 코브라가 우리 머리 위를 뛰어넘어 정면으로 파고든 다음 독안개를 주위에 뿌렸다.

그리고 거대 나방이 흩뿌린 비늘가루가 방 안에서 계단 앞쪽까지 퍼져 있었다.

"뮤우 양! 히노 양!"

"루카랑 다른 사람들은 오면 안 돼! 또 상태이상에 걸릴 테니까! 먼저 가!"

"우리는 괜찮아!"

우리가 한 말을 듣고 루카가 의도를 파악한 다음 앞장서서 계단을 뛰어올라가기 시작했다.

십중팔구 죽어서 돌아가는 것이 확실한 와중에 우리를 구하고 싶다는 마음과 파티 전체의 이익을 저울에 달아보고 루카는 후자를 선택했다.

루카는 그렇게 정확한 판단을 할 수 있기에 파티의 사령탑에 적합하고, 우리 모두를 안심하고 맡길 수 있는 것이다.

"저기, 히노. 또 죽어서 돌아가겠구나."

"그래. 여기까지인가 봐."

루카와 다른 사람들 앞에서는 허세를 부렸지만 사실 우리는 이미 가득 찬 비늘가루를 마시고 [독]과 [마비]로 인해 몸을 자유롭게 움직일 수가 없었다.

"독 때문에 HP가 점점 깎여서 가거나, 아니면 적의 공격을 맞고 쓰러지거나."

그런 우리를 꼬리로 붙잡고 들어 올리는 코브라.

우리는 코브라와 같은 눈높이까지 올라왔다.

"이대로 내동댕이치는 공격인가? 아마 질 테니 얼른 해치웠으면 하는데."

"아니면 물어뜯기 공격일까? 뭐, 어느 쪽이든 나는 최대한 반격할 거지만."

우리는 아직 무기만은 놓치지 않고 저항할 의지를 보이고 있었지만, 코브라가 취한 다음 행동을 보고 핏기가 가셨다.

"어? 거짓말. 잠깐만, 그건 아니지!"

"또 그거야?! 난 먹어봤자 맛도 없어!"

무언가가 떨어져나가는 소리가 울린 것과 동시에 코브라의 턱이 떨어져나갔고, 입이 가로로 길게 벌어진 다음 우리의 머리를 덮어씌우려는 것처럼 다가왔다.

이건 그거다. 통째로 집어 삼키는 거다.

뱀은 자신의 직경보다 큰 동물조차 태연하게 집어 삼킨다는 사실이 떠올랐고, [마비]로 인해 움직임이 둔해진 몸으로 저항했다.

그동안에도 조금씩 다가오는 머리를 보고 겁을 먹으며 우리는 결국 코브라의 입안으로 삼켜졌다.

꿀꺽, 그렇게 미끌미끌한 입안을 지나 몸 안쪽으로 빨려들어가 다시 허공 같은 어둠 속에 내동댕이쳐진 나와 히노.

──적의 특수공격 성공으로 인해 행동불능 상태가 되었습니다. 이 상태에서는 소생 계열 아이템, 스킬을 사용할 수 없습니다.

그리고 식인 미믹 때와 마찬가지로 메뉴가 떴고, 죽어서 돌아와 미궁거리 포탈 앞에서 부활했다.

"……히노, 또 통째로 집어 삼켜졌구나."

"……그래, 뮤우. 자주 집어 삼켜지는 날이구나."

"아~, 정말! 오늘은 계속 지기만 하네!"

"재수 없는 날이야~. 두 번이나 통째로 집어 삼키는 즉사기를 맞다니!"

포탈 앞에서 하늘을 보며 소리 내어 불평했다. 노멀 던전은 상태이상에만 정신이 팔리곤 했는데 설마 적 MOB 중에 즉사기를 쓰는 녀석이 여러 마리 있다니.

"그래도 계층이 달라졌다고 적 MOB이 그렇게 강해지다니, 그 던전은 사냥터를 의식해서 만들었나 본데."

그렇게 말하며 피곤하다는 듯이 주저앉은 히노.

평범한 던전이라면 아래쪽 계층이 조금 강해지는 정도로, 그렇게까지 극적으로 변하지는 않는다. 적당한 레벨 범위 내에서는 다소 고전할 수는 있어도 마지막에는 던전을 클리어할 수 있다.

하지만 노멀 던전의 제1계층과 제2계층에 나오는 적 MOB의 난이도와 성질은 큰 차이가 있다.

그 던전은 굳이 말하자면 제3마을에 있는 광산 던전과 비슷한 성질을 지니고 있다는 점을 히노도 느끼고 있는 모양이었다.

"우리도 레벨을 더 올려야겠지!"

"그래. 좋았어. 이 제1계층에서 다시 단련하자!"

나와 히노가 그렇게 말하며 씩씩하게 일어서서 루카와 다른 사람들이 다시 던전에서 돌아오기를 기다렸다.

이번에는 정보가 부족한 상황에서 도전하여 녹초가 되었지만, 그래도 파티의 약점을 알 수 있게 되었다.

그렇기 때문에 우리는 그 구멍을 조금씩 메꿔가며 더욱

강해지기 위해 이 던전에서 계속 싸워나간다.

14화   조교사와 황금 과실

그날은 OSO에서 나와 파티를 맺은 사람이 루카와 히노뿐이었다.

"뿌우~, 토비하고 코하쿠, 리레이가 없으니 강한 MOB에게 도전할 수가 없어~."

"나도 도전해보고 싶은 보스 MOB하고 퀘스트가 있었는데, 아쉽다."

"어쩔 수 없어요. 우리하고 로그인 시간이 안 맞으니까요."

아쉬워하는 나와 히노를 루카가 달랬다.

우리는 비교적 시간이 많은 학생이지만 가끔 이렇게 로그인 시간대가 안 맞는 경우가 있고, 이번이 처음은 아니지만 역시 모두 함께 모이지 않으면 좀 아쉽다.

"뭐, 게임보다는 현실을 우선시하는 게 기본이니까. 루카하고 히노는 뭐하고 싶어?"

"저는 딱히 뭔가 생각나는 게 없네요."

"나도 도전해보고 싶은 강적이나 난이도가 높은 퀘스트 말고는 별로 없는 것 같아."

우리가 제1마을 안을 돌아다니며 이야기하다 보니 눈앞을 작은 그림자가 지나갔기에 반사적으로 위를 보았다.

"우왓! 마을 안에 밀버드가 있네!"

"그렇네요. 누군가의 사역 MOB일까요?"

"저쪽 뒷골목으로 갔어!"

하늘 위를 날아간 파랑새 MOB인 밀버드가 제1마을 건물 사이를 날아갔다.

"저도 새 계열 사역 MOB을 보면 부러워요."

"응, 응. 루카, 그 마음 이해해. 나도 하얀 MOB을 동료로 삼고 싶었으니까!"

"뮤우는 아직 포기하지 않았어?"

나와 루카가 날아간 밀버드를 바라보았고, 히노가 내 말을 듣고 쓴웃음을 짓고 있었다.

"앗, 저 뒷골목 쪽으로 들어갔구나. 조교사 플레이어가 있을지도 몰라!"

조교사 플레이어란 사역 MOB을 동료로 삼아 전투에 참가시킬 수 있는 [조교] 센스를 지닌 플레이어들을 일컫는 호칭이다.

베타 버전이나 정식 버전 초기에는 적 MOB을 거느리는 데 성공할 확률이 꽤 낮아서 쓰레기 센스 취급을 받았다.

하지만 여름 캠프 이벤트 때 사랑스러운 새끼 동물 MOB을 거느릴 수 있게 된 이후로 애완동물 붐 같은 것이 지금 OSO에 불고 있었다.

"그렇죠! 혹시나 저도 새 계열 MOB을 거느릴 수 있는 방법 같은 걸 알아낼 수 있을지도 몰라요!"

신기하게도 약간 흥분한 듯한 모습으로 밀버드가 내려간 뒷골목 쪽을 바라보는 루카.

"그럼 오늘 목적은 조교사 플레이어에게 사역 MOB의 극의를 배우는 거야?"

"찬성! 바로 가자!"

"앗, 뮤우 양! 잠깐만요!"

히노가 한 말에 내가 맞장구를 치고 곧바로 뒷골목 쪽으로 달려가기 시작했다.

루카도 허둥대며 쫓아왔고, 내가 먼저 뒷골목에 도착한 뒤 모퉁이를 돌자——.

"흐엑?!"

내 눈앞에 있었던 것은 회색 피부에 하얗고 짧은 상아가 달려 있고, 뒷골목을 가득 메울 정도로 큰 몸과 자유자재로 긴 코를 움직이는 거대 코끼리. 그 거대 코끼리를 올려다보고 나도 모르게 멍해져버렸다.

뒤늦게 온 루카와 히노도 그 광경이 뜻밖이었는지 뒷골목을 가로막고 있는 거대 코끼리를 보고 말을 잃었다.

"이게 어떻게 된 걸까요?"

"나도 잘 모르겠어."

둘 다 눈앞에 있는 거대 코끼리를 올려다보았고, 그 머리 위에 이쪽으로 날아왔던 밀버드가 앉아 있었다.

"저 밀버드가 우리를 이쪽으로 안내해주려고 날아온 건가? 그런데 이런 MOB이 있었어?"

『빠오오오오옹.』

내가 고개를 갸웃거리며 올려다보고 있는 앞에서 거대 코끼리가 힘없이 울음소리를 냈고, 그 소리와는 별개로 꾸르륵, 묵직하고 낮은 소리가 배에서 울렸다.

"배가 고픈 모양이네요."

"아~, 좁은 뒷골목에 끼어서 움직이지 못하는 모양이야. 왠지 불쌍하네."

루카와 히노도 눈앞에 있는 굶주린 코끼리를 가엾게 여기고 저번에 NPC에게 받은 과일 식재료 아이템을 인벤토리에서 꺼내 거대 코끼리 코앞에 내밀었다.

"이걸 먹으려나?"

그러자 쭉 뻗은 코끝으로 재주도 좋게 과일을 입으로 가져가 씹어먹었다. 그런데 그것만으로는 부족하다고 재촉하는 듯이 코끝으로 내 옷을 잡아당겼다.

"으앗?! 자, 잠깐만! 루카, 히노, 도와줘!"

"알겠어요. 우선 제 인벤토리에 있는 음식을 나누어주죠."

"나는 근처 노점에서 음식을 사올게!"

그렇게 말하고 루카는 인벤토리에서 음식을 하나씩 꺼내 나와 번갈아가며 거대 코끼리에게 먹여주었고, 히노는 뒷골목을 뛰쳐나가 음식을 사러 갔다.

눈앞에 내민 음식을 묵묵하게 먹은 거대 코끼리는 서서히 기운을 되찾은 것 같았지만 끼인 뒷골목을 빠져나갈 수 있을 것 같지는 않았다.

"대형 MOB을 지형 오브젝트에 끼게 만들어서 일방적으로 쓰러뜨린 적은 있긴 한데, 마을 안에서 플레이어의 사역

MOB이 골목에 낄 정도로 크다니, 깜짝 놀랐네."

"어째서 이렇게 되었을까요?"

"뮤우! 루카! 노점에서 잔뜩 사왔어!"

금방 돌아온 히노는 프랑크푸르트와 꼬치구이 같은 고기 계열 노점을 돌고 온 모양이었다.

고기를 먹어도 괜찮은가? 한순간 그런 생각이 들었지만, 눈앞에 있는 거대 코끼리는 히노의 손에서 먹을 것을 받아 들고 재주도 좋게 꼬치를 빼낸 뒤 먹고 있었다.

그렇게 끼어서 움직이지 못하는 거대 코끼리에게 어느 정도 먹을 것을 주었을 때, 나는 그렇게 재주도 좋게 움직이는 코에 눈길이 갔다.

"코끼리를 이렇게 가까운 곳에서 본 건 처음이야. 만져도 될까?"

"글쎄요?"

"사람을 가볍게 들어 올릴 수 있을 정도로 힘이 센 것 같으니까 올라타 버릴까?"

나와 히노는 그렇게 말하고 나서 우선 조심조심 코를 만져보았다. 거대 코끼리는 윤 오빠의 뤼이나 자쿠로처럼 도망치려 하지 않았다. 지금은 골목에 끼어서 도망칠 수 없긴 하지만, 왠지 만지는 것에 익숙한 것 같은 느낌이 들었다.

그런 거대 코끼리의 코를 내가 껴안자 내 몸을 들어 올리면서 음식을 계속 먹었다.

"아하하하하! 히노, 재미있어!"

"치사해! 뮤우, 나랑 교대하자!"

"뮤우 양, 히노 양, 그것보다 이 코끼리의 조교사를 찾아야 하지 않을까요? 뭔가 문제가 생겨서 끼었을지도 모르니까요."

그런 이야기를 하고 있던 나는 맞장구를 치고 안고 있던 거대 코끼리의 코를 놓으려 했지만, 거대 코끼리는 코로 음식을 잡은 채 등쪽으로 움직였다.

"오, 오오?"

그 움직임으로 인해 위로 올라간 내가 본 것은 등 위에서 축 늘어져 있는 어떤 여자애였다.

그리고 그 여자애는 거대 코끼리에게 음식을 받아든 다음 입에 넣기 위해 고개를 들었고, 그때 나와 눈이 맞았다.

"……아, 안녕하세요."

"냠냠냠…… 안녕하세요?"

나는 깜짝 놀라 인사를 했고 거대 코끼리 등에서 축 늘어져 있던 여자애는 음식을 먹고 나서 고개를 갸웃거리며 멍하게 인사를 했다.

그때, 판타지 작품에 나오는 엘프처럼 긴 귀가 움찔거리며 떨렸다.

『빠오오오오옹.』

그리고 코를 껴안고 있던 내 몸은 그 움직임에 맞춰 내려갔고, 거대 코끼리 등에서 느릿느릿 일어난 소녀가 지면에 내려선 나를 들여다보면서 고개를 갸웃거리고 있었다.

그런 그녀와 나는 잠시 서로 마주 보고 나서 큰마음을 먹고 물어보았다.

"저기…… 괜찮아?"

"도와주실 수 있으시면 도와주세요."

솔직하고 꾸밈없는 그 말을 듣고 우리는 그 엘프귀 소녀를 돕기로 했다.

●

거대 코끼리의 코끝을 이용해 뒷골목으로 내려온 엘프귀 소녀와 마주 보게 된 나는 우선 만복도를 회복시켜서 숨을 돌린 뒤 이야기를 들었다.

"도와주셔서 감사합니다. 만복도가 떨어져서 또 죽어서 돌아갈 뻔했어요."

"또라니, 전에도 이런 적이 있었어?"

"네. 만복도 시스템이 도입된 직후에요. 그때도 친절한 분이 도와주셨어요."

내가 엘프귀 소녀에게 이야기를 듣고 있는 한편, 루카는——.

"엘프예요! 뮤우 양! 판타지 종족 엘프! 만날 수 있을 줄은 몰랐는데! 하아, 감동이네요!"

항상 냉정한 루카가 신기하게도 흥분한 상태다. 원래 판타지 문학을 좋아하는 부분이 엘프귀 소녀와의 접촉으로 인해 나타난 모양이었다.

그리고 히노는——.

"오오! 너 힘세구나! 나를 가볍게 들다니."

내가 거대 코끼리의 코를 껴안았을 때처럼 이번에는 히노도 코를 껴안고 올라가서 즐기고 있었다.

이상하네. 평소에는 우리를 말려주는 루카가 흥분한 상태라서 어쩔 수 없이 내가 엘프귀 소녀와 이야기를 하게 되었다.

"우선 자기소개를 할까? 나는 뮤우야. 옆에서 좀 흥분하고 있는 사람이 루카. 그리고 거대 코끼리하고 놀고 있는 사람이 히노."

"그렇군요. 저는 레티아예요. 이 애는 밀버드인 나츠. 그 애는 새끼 가네샤인 무츠키. 애칭은 무츠예요."

"뭐어?! 이 애는 이렇게 큰데 더 자란다고? 부럽다!"

로리 소녀인 히노가 새끼 가네샤인 무츠키의 코 끝에 매달린 채 깜짝 놀라고 있는데, 지금은 그런 이야기를 하려는 게 아니었기 때문에 무시했다.

"그런데 왜 이런 상황이 된 거야?"

"네. 사실 오늘은 어떤 노점에서 희귀한 [황금 과실]을 판다는 소문을 듣고 이 새끼 가네샤인 무츠키와 함께 왔어요."

"[황금 과실]이라……."

"뮤우 양, 아시나요?"

"응. 여러 종류가 존재하는 음식 계열 아이템인 모양이야. 만복도 시스템이 업데이트된 뒤에 추가되었고, 먹으면 일시적으로 스테이터스를 상승시켜주는 효과가 있는 것 같아."

[황금 과실]은 종류에 따라 ATK나 INT 같은 특정 스테이터스를 일시적으로 올려주는 과일이다.

[요리] 센스로 만든 요리로도 스테이터스를 일시적으로 올릴 수 있지만, 아직 레시피가 발견되지 않은 LUK이 상승하는 [황금 과실]이 존재해서 특히 인기가 많은 아이템이라 할 수 있다.

그런 아이템을 손에 넣으려 한 레티아가 어째서 이런 뒷골목에서 죽어서 돌아갈 뻔한 위기에 처했는지…….

"그걸 판다는 정보를 듣고 1초라도 빨리 노점에 도착하기 위해 지름길로 온 결과—— 무츠키가 골목에 끼어버린 거죠."

『빠오오오옹.』

힘없이 맞장구를 치는 무츠키의 울음소리를 듣고 나는 어깨를 축 늘어뜨렸다.

"[황금 과실]이 어떤 맛인지 알고 싶었는데 말이죠."

"그것도 일시적인 스테이터스 상승이 아니라 맛에 흥미가 있었을 줄이야…….."

"중요해요, 맛."

딱 잘라 말하는 레티아에게 나는 응, 그렇지, 그런 말밖에 할 수 없었다.

"그건 그렇고 어떻게 할까요? 이대로 골목에 무츠를 내버려 둘 수도 없고, 구출하기 위해서 양쪽에 있는 건물을 부술 수도 없고……."

마을의 건물 같은 오브젝트는 보통 파괴가 불가능한 오브젝트이기 때문에 레티아가 말한 방법은 사용할 수 없었다.

"곤란하네요."

정말 곤란한 건지 오히려 물어보고 싶어질 정도로 표정 변화가 없는 레티아를 보고 나도 고민했지만 다른 방법이 생각나지 않았다.

그런 와중에 루카가 조심조심 손을 들고──.

"저기…… 사역 MOB을 《송환》시켜서 소환석으로 되돌리면 되지 않나요?"

"" 앗. ""

깜빡하고 있던 사실을 알게 되자 나와 레티아가 서로 얼굴을 마주 보았다.

윤 오빠까지 포함해서 주위에 있는 사역 MOB 소유 플레이어들이 항상 소환해두기 때문에 깜빡하고 있었는데, [조교] 센스로 거느리는 사역 MOB은 전투의 상황에 따라 상성이 좋은 MOB을 골라 불러내서 싸우게 하는 것이 기본 전술이다.

그 사실을 깨달은 레티아는 바로 그렇게 했다.

"무츠, 갑니다── 《송환》."

레티아의 목소리와 함께 골목에 끼어 있던 무츠키가 빛의 입자로 변해 레티아의 손에 모여들었고, 소환석으로 되돌아갔다.

그리고 뒷골목에서 큰길로 나온 다음 그곳에서 다시 가네샤인 무츠키를 소환했다.

"무츠, 다시 한 번 와주세요——《소환》."

『빠오오오오옹!』

무츠키가 좁은 뒷골목에서 빠져나와 큰길에서 커다란 울음소리를 내자 갑자기 거대 코끼리가 나타난 것을 보고 많은 플레이어들이 놀라며 돌아보았다.

"자, 문제도 해결되었네요. 이번에야말로 [황금 과실]을 사러 가죠."

그렇게 말하고 한쪽 다리를 든 무츠키의 무릎을 발판 삼아 등으로 뛰어오른 레티아.

"잘됐구나! 이번에는 살 수—— 아니, 으아앗?!"

""뮤우 (양)?!""

나는 무츠키에 올라탄 레티아에게 손을 흔들고 있었다. 그런데 왠지는 모르겠지만 무츠키가 코로 내 허리를 들어 올렸다.

곧바로 무츠키가 나를 등에 살며시 태워주었고, 깜짝 놀라 소리치던 루카, 히노도 귀여운 비명을 지르며 나와 마찬가지로 무츠키의 코에 잡혀서 등에 타게 되었다.

"그럼 가시죠."

오~, 그렇게 말하며 한 손을 들어 올린 레티아와 함께 무츠키도 코끝을 들어 올린 뒤 천천히 걸어가기 시작했다.

쿵쿵. 그런 진동을 느끼며 왠지 모르겠지만 무츠키를 타게 된 우리는 레티아에게 물었다.

"저기, 왜 우리가 여기 타고 있는 거야?"

"보답하려고 무츠에게 부탁했어요. 싫으신가요?"

무츠에게 먹이를 주는 사람은 보통 타고 싶어 하는데요. 그렇게 말하는 레티아.

"기쁘긴 한데……"

"오늘 뮤우 양은 좀 밀리는 경우가 많네요."

"으윽……."

레티아의 페이스에 휘말려서 어쩔 줄 몰라 하는 나를 보고 루카가 지적하자 나는 끙끙대며 소리를 냈다.

"오오, 대단하네! 사람들을 내려다보면서 걸어가는 건 이런 느낌이구나!"

"어떠세요? 기분 좋죠? 내려다보면서 걸어가는 거."

그런 내 옆에서 히노가 무츠키 등에서 거리를 내려다보고 감탄하며 소리를 지르자 우쭐한 표정을 지으며 약간 살벌한 말을 하는 레티아.

하지만 아마 히노도 그렇고 레티아도 별다른 뜻이 있어서 그런 말을 하지는 않았을 것이다.

"후훗, 뮤우 양의 약점을 발견했네요."

"루카, 너무해애."

나는 다른 사람들을 내 페이스에 끌어들이는 것은 잘하지만 반대로 이렇게 남의 페이스에 휘말리는 것은 껄끄럽다.

"자, 저 노점 근처일 거예요. 남아 있으면 좋겠는데요."

레티아가 그렇게 말한 다음 무츠키가 어떤 노점 앞에 서서 다리를 들자 그곳을 발판 삼아 내려갔다.

우리도 그 뒤를 따라가기 위해 무츠키 위에서 내려 레티아를 쫓아갔다.

이런 곳에 덩치가 큰 무츠키가 있으면 방해되지 않을까? 그렇게 생각하며 돌아보았는데 많은 플레이어들이 신기해하며 다가오거나, 무츠키를 알고 있는 플레이어가 먹이를 주고 쓰다듬기도 하는 걸 보면 걱정할 필요는 없는 것 같다.

플레이어에게 인기가 많은 무츠키를 보고 위장이 무한한 건지도 모르겠다고 생각하면서 기다리게 해도 괜찮다고 생각한 다음 레티아를 쫓아갔다.

그리고 따라잡은 곳에는 무츠키가 끼었던 곳 같은 어둑어둑한 뒷골목의 노점이 있었다.

"여, 어서 와. 보고 갈래?"

어둑어둑한 뒷골목에 어울리지 않게 밝은 목소리로 인사한 것은 선글라스에 레게 머리, 그리고 시끄러울 정도로 짤랑거리는 액세서리를 단 남자 플레이어였다.

그 노점에 플레이어가 진열해놓은 상품을 들여다보니 보스 MOB의 레어 드롭 아이템이나 희귀한 생산 소재, 그밖에도 유용한 아이템 같은 것을 시가보다 1할 이상 저렴하게 팔고 있었다.

"물건을 엄청 잘 갖추어놓았네. 그런데 이렇게 팔면 이익이 안 나지 않아?"

주요 상품 하나만 매우 싸게 파는 거라면 모르겠지만 전부 다 싸게 팔면 돈을 벌 수가 없다.

"크크큭, 이 상품은 전부 독자적인 루트로 입수한 거야. 놓치면 언제 얻을 수 있을지 모르는 아이템밖에 없지……. 아, 너희 같은 여자애들이 오해하면 곤란하니까 사실을 말하자면 그냥 암상인 롤플레이니까 걱정할 필요는 없어."

그냥 자신에 취해 사러 온 플레이어들에게 수상한 말을 하며 판다. 그런 장사를 즐기고 있는 남자 플레이어였다.

"오빠, 멋진 취향이구나."

"크크큭, 아가씨도 꽤 분위기를 잘 타는 것 같은데."

가게 주인과 함께 악당 같은 미소를 지으며 이야기를 나누자 루카와 히노가 눈을 흘겼지만 신경 쓰지 않았다. 이것도 즐기는 방법 중 하나니까.

"실례합니다. 여기서 [황금 과실]을 판다는 정보를 얻고 왔는데요."

"어이쿠, 진짜배기는 그쪽 아가씨였나? 그 물건이 들어오긴 했어."

"그럼——."

"그래, LUK를 일시적으로 상승시켜주는 사과인 [황금 과실]이 들어오긴 했는데 이미 팔렸거든."

레티아는 그 말을 듣고 약간 아쉬운 듯한 표정을 지었다.

척 보기에도 기운이 없는지 귀가 힘없이 늘어져 있었다.

"아쉽게 되었네요. 다음에 들어오는 건."

"물건을 들여오는 날은 딱히 없고, 기본적으로 같은 아이템을 매일 진열하지는 않아. 그러니까 기회는 한 번 뿐이라 생각하고 또 와줘."

암상인 같은 플레이어는 그렇게 대답했다.

"먹고 싶었는데요. [황금 과실]."

그렇게 조용히 중얼거리고 기운이 없어 보이는 레티아의 손을 잡고 내가 제안했다.

"그럼 우리하고 같이 찾으러 가자! [황금 과실]이 나오는 곳을 알고 있으니까!"

"……그래도 되나요?"

깜짝 놀라 눈을 크게 뜬 레티아가 루카와 히노를 보자 그 두 사람도 고개를 끄덕였다.

"네, 엘프인 레티아 씨와 이것저것 이야기를 하고 싶으니까요."

"그리고 [황금 과실]을 찾는 것도 재미있을 것 같아. 나도 한 번 먹어보고 싶고."

두 사람의 대답을 듣고, 레티아가 미소를 지었다.

"감사합니다. 그럼 잘 부탁드릴게요."

"우리한테 맡겨! 반드시 찾아내서 모두 함께 먹을 거니까."

고개를 꾸벅 숙이는 레티아에게 나는 가슴을 펴며 대답했다.

그 이후로 우리는 제1마을에서 가네샤인 무츠키를 타고 [황금 과실]을 채집할 수 있는 에리어로 향했다.

　　제2마을에서 길을 따라간 곳에 있는 에리어 [이아스 과수원]에는 여러 가지 과일이 맺히는 신기한 나무가 군데군데 있고, 낮은 확률로 그 나무들에 [황금 과실]이 맺히기 때문이다.

　　그리고 그곳에 도착한 우리는——.

　　"레티아 씨는 왜 엘프 같은 모습인가요?"

　　"숲의 주민 같은 이미지로 만들었어요. 그리고 [조교] 센스도 숲의 생물과 공존을 주제로 삼은 거니까요…… 뭐, 그냥 캐릭터 에디트를 할 때 귀를 손댄 것뿐이지만요."

　　그렇게 말한 레티아를 부지런히 돌보던 루카는 레티아가 불러낸 다른 사역 MOB과 함께 과일을 먹이고 있었다.

　　초식동물 하루, 밀버드 나츠, 새끼 가네샤 무츠키를 불러낸 레티아는 근처에 있는 과일 나무에서 과일을 따서 계속 먹고 있었다.

　　초식동물인 하루는 묵직하게 맺힌 과일 쪽으로 목을 뻗어 먹었고, 밀버드 나츠는 높은 나뭇가지에 맺힌 석류 같은 작은 과일을 먹었다.

　　거대 코끼리인 무츠키는 그 긴 코를 사용해 높은 곳에 매달린 것처럼 맺혀 있는 수박과 멜론, 그밖에도 커다란 과일을 재주도 좋게 따서 레티아와 사역 MOB들에게 먹지 않은 과일을 나누어 주었다.

커서 먹기 힘든 과일은 루카가 바스타드 소드로 잘라 적당한 크기로 나누어 주었다.

"후와아, 이 초식동물 털이 엄청 멋져! 푹신푹신해!"

내가 새롭게 소환된 하얗고 북실북실한 초식동물 하루를 껴안아보니 부드러운 털에 몸이 점점 파묻히는 것 같은 느낌이 들었다.

하루는 내가 껴안아도 싫어하지 않았기에 약간 감동했다.

"그런데 레티아는 정말 잘 먹네. 우리는 가끔 만복도를 회복시키는 정도인데, 무슨 특별한 이유라도 있어?"

히노는 장비를 장창으로 바꾸고 과일 나무 위쪽에 [황금 과실]이 숨겨져 있지 않은지 찾아보며 레티아에게 물었다.

그러자 레티아는 먹던 것을 멈추고 생각하는 시늉을 하면서 대답해주었다.

"저는 [먹어두기]라는 센스를 가지고 있으니 그 영향이겠죠."

"[먹어두기]?"

낯선 센스 이름을 듣고 되묻자, 레티아가 고개를 끄덕이며 대답했다.

"취득 조건은 일정 SP를 확보하는 것, 그리고 만복도 최대 수치를 넘어서서 대량으로 계속 먹는 것, 이 두 가지를 만족시키면 발생하는 센스예요."

그 효과는 만복도 최대 수치에 센스의 레벨만큼 추가된다는 것. 그리고 다른 하나는——.

"저는 부족한 소환 MP를 만복도로 때우고 있어요."

그렇게 말하고 무츠키를 올려다보며 설명해주었다.

사역 MOB을 소환할 때는 MP의 최대치를 비용으로 사용한다.

예를 들면 초식동물 하루는 레티아의 MP 중 2할. 밀버드나츠도 2할. 그리고 가네샤 무츠키는 새끼 동물이긴 하지만 대형에 가까운 MOB이기 때문에 레티아의 모든 MP 중 약 6할.

보통은 세 마리를 동시에 계속 소환해두는 것은 불가능하고. 무츠키를 소환하면 다른 아츠나 마법 스킬 같은 공격수단을 사용할 수가 없다.

그 때문에 반복도의 감소 속도를 평소보다 몇 배 빠르게 만들어 MP를 부스팅한 상태로 [마력], [조교], [먹어두기], 이 세 가지 센스의 레벨을 중점적으로 올리고 있다고 한다.

"싸우면 배가 고프고, 저는 별로 강하지 않으니까…… 뭐, 먹는 걸 좋아한다는 이유도 있지만요."

레티아의 설명을 듣고 미처 생각하지도 못했던 센스 조합에 놀라며 OSO 센스의 가능성이 얼마나 넓은지 조금이나마 느낀 것 같다는 생각이 들었다.

그리고 [황금 과실]을 찾아서 숲속을 나아갔다. 레티아를 위해 찾아낸 과일나무에서 과일을 잔뜩 인벤토리로 회수하며 나아가다 보니, 가끔 이 근처 에리어의 잔챙이 MOB 중 대표격인 털뭉치 도깨비들이 모여들었다.

작고 약한 MOB이기 때문에 내 한 손 검이나 히노의 장창으로 살짝 공격하기만 해도 빛의 입자로 변해 사라졌다.

그리고 어느 정도 나아가자 숲속의 샘과 그 옆에 있는 다른 과일나무 꼭대기 부근에서 빛나는 과일을 발견했다.

"앗?! 저거 [황금 과실] 아니야?!"

우리가 겨우 발견한 [황금 과실]은 마법 공격력을 상승시켜주는 포도 타입이었다.

줄기에 달려 있던 황금 알맹이를 다른 과일과 비교해 보니 빛을 반사하며 성스러운 분위기가 느껴졌다.

"오옷?! 저게 [황금 과실]이군요. 실물은 처음 봤어요."

"그럼 바로 따야지!"

멤버들 중에서 몸이 가장 날렵한 내가 [행동제한해제] 센스 보정을 받으며 과일 나무 위로 뛰어올라갔다.

그럭저럭 두꺼운 나뭇가지 위로 올라타서 포도 [황금 과실]이 있는 곳을 향해 나아갔다.

"이제 다 왔는데……."

"뮤우 양, 조심하세요!"

"뮤우, 이제 얼마 안 남았어!"

마지막으로 얇은 나뭇가지에 발을 걸치고 포도 [황금 과실]을 향해 손을 뻗으며 발돋움했다.

아래에서 루카 일행의 응원을 받으며 손이 닿기 직전

에── 바로 옆에서 두꺼운 보라색 물체가 뻗어 나왔고, 그 끄트머리가 포도 [황금 과실]에 닿은 뒤 곧바로 뜯어서 가져가 버렸다.

"훔쳐갔어?! 크윽, 저 녀석이구나!"

나는 돌아보며 [황금 과실]을 빼앗아간 상대를 확인했다.

빼앗아간 것은 긴 보라색 혀끝으로 [황금 과실]을 붙잡고 입안으로 슬금슬금 되돌리고 있던 카멜레온 타입 MOB, 도둑 카멜레온이었다.

"그건 우리 거야! 돌려── 꺄악?!"

서서히 모습이 사라지기 시작한 카멜레온을 놓치지 않기 위해 곧바로 뛰어들려고 무릎을 구부리며 힘을 주었다.

그리고 그 힘을 단숨에 해방시키려 한 순간, 발치의 나뭇가지가 뛰어오르기 위한 반동을 견뎌내지 못하고 부러지며 나를 공중으로 내던졌다.

""뮤우 (양)?!""

불안정한 자세로 과일나무 꼭대기 근처에서 떨어진 나는 [행동제한해제]로 자세를 바로잡은 뒤 적당한 나뭇가지를 붙잡기 위해 손을 뻗었다.

하지만, [황금 과실]을 회수한 도둑 카멜레온이 그것을 막으려고 다시 힘차게 보라색 혀를 뻗어 내 발목을 붙잡고 주위에 아무것도 없는 공간으로 끌어들였다.

떨어지는 나를 비웃는 듯이 내려다보는 도둑 카멜레온은 서서히 몸을 투명하게 만들어 숨었고, 공중으로 내던져진 나는 낙하의 충격에 대비해 낙법 자세를 취할 수밖에 없었다.

"하루, 부탁할게요! ──《울 가드》!"

그런 내 낙하지점으로 달려온 초식동물 하루가 경쾌한 소리를 내며 부드러운 털을 부풀려서 안전 매트처럼 낙하의 충격을 흡수하며 나를 부드럽게 감싸주었다.

"뮤우 양! 괜찮으신가요!"

"루카, 무사해~. 그리고 하루, 고마워~."

소리를 내며 부풀었던 털이 쪼그라든 하루를 껴안으며 고맙다는 인사를 했다.

"……안 되겠네. 놓쳐버렸어. [은밀] 계열 센스를 가지고 있는 거면 찾아낼 수가 없겠는데."

히노는 장창을 겨누고 경계하며 놓친 도둑 카멜레온을 찾으려고 주위를 둘러보았지만 투명해진 도둑 카멜레온을 찾아낼 수는 없었다.

"곤란하네요. 투명에 맞서려면 [발견] 센스가 필요한데."

"우리는 없으니까. 이런 상황에선 수세에 몰리겠는데."

상대방이 공격할 경우 모습을 드러낸 순간에 반격하는 정도밖에 방법이 떠오르지 않는다.

우선 여기서 언제 공격할지 모르는 MOB을 기다리는 것보다는 다른 [황금 과실]을 찾는 게 낫지 않을까, 그렇게 생각하며 레티아를 보았다.

"절대로 용서 못 해요."

어깨에 앉아 있는 밀버드 나츠의 목을 쓰다듬으며 그렇게 중얼거린 레티아는 조용히 분노를 내비치고 있었다.

"먹을 것의 원한은 무시무시하죠. 나츠, 하늘에서 색적. 무츠는 물을 빨아들이고!"

레티아의 지시에 따라 날아오른 밀버드 나츠를 올려다보며 가네샤 무츠키가 샘의 물을 긴 코로 단숨에 빨아들였다.

"나츠──《사이트 링크》."

레티아가 한쪽 눈을 감고 하늘로 날아오른 밀버드가 가지고 있는 시야 공유 스킬을 통해 하늘에서 도둑 카멜레온을 찾기 시작했다.

"역시 [발견] 계열 센스를 가지고 있는 나츠의 눈을 통해 보니 찾을 수 있네요. 무츠, 저 나무 위로 방수."

레티아의 지시에 따라 가네샤 무츠키가 긴 코를 뻗어 그녀가 지시한 장소를 향해 빨아들인 물을 단숨에 뿜어냈다.

뿜어낸 대량의 물이 나무줄기에 달라붙어 있던 무언가를 때리자 버틸 수 없어졌는지 모습을 드러낸 도둑 카멜레온.

『슈륵.』

나무줄기에서 떨어진 뒤 다시 숨어서 도망치려 했지만, 우리는 그 틈을 놓치지 않았다.

"아까는 잘도 그랬겠다! ──《피프스 브레이커》!"

"하앗──《쇼크 임팩트》!"

"[황금 과실]을 내놔! ──《일점 찌르기》!"

나는 5연속 참격 아츠를 날렸고, 루카가 타격 계열 아츠로 움직임을 둔하게 만들었고, 히노가 장창을 날카롭게 찔러 땅바닥에 박아 넣었다.

『슈르르르륵──.』

마지막 비명을 지르며 도둑 카멜레온이 빛의 입자로 변해 사라졌지만, 그 녀석이 가로챈 [황금 과실]은 돌아오지 않았기에 우리는 깊은 한숨을 쉬었다.

"아~, 모처럼 [황금 과실]을 찾아냈는데 다시 찾아야 하잖아."

"그래도 먹을 것의 원한은 풀었어요."

표정이 크게 변하지는 않았지만, 주먹을 살짝 쥐며 포즈를 취한 레티아. 그런데 다음 순간 꼬르르륵~, 배에서 귀여운 소리를 내며 땅바닥에 쓰러졌다.

"괜찮아?!"

"……배가 고파요."

"아……."

땅바닥에 엎드린 채 그렇게 대답하는 레티아.

사역 MOB 스킬을 발동시키는데 필요한 MP는 전부 소환한 플레이어의 MP를 사용하게 된다.

그렇지 않아도 무츠키와 다른 사역 MOB을 열 마리 소환해서 부족한 비용을 [먹어두기] 센스로 때우고 있었는데, 사역 MOB의 스킬까지 썼다. 원래 불발로 그쳐야 할 스킬 발동은 만복도를 빠르게 소모해 성공하게 되었다.

그로 인해 만복도가 일정 이하로 떨어짐으로써 발생한 스테이터스 저하 등의 상태이상.

우리는 인벤토리로 회수했던 과일을 꺼내 레티아에게 먹이면서 만복도가 회복될 때까지 잠시 휴식을 취했다.

●

"휴, 이제 살겠네요. 감사합니다."

"대단하구나. 그렇게 많았던 과일을 다 먹어버렸어."

레티아의 날씬한 몸에 다 들어갈 것 같지 않았던 많은 양의 과일이 점점 입속으로 빨려들어가는 광경을 본 나는 어떤 깜짝 영상을 본 것 같은 기분이 들었다.

"죄송합니다. [황금 과실]을 찾는 걸 멈추게 되어버렸네요."

"신경 안 써도 돼. 우리도 좀 쉬고 싶었으니까."

손을 흔들며 신경 쓰지 않는다고 말해주는 히노. 그렇게 투명해져서 다가오는 적 MOB에게 맞설 센스가 없으니 우리가 수세에 몰리는 건 어쩔 수 없다.

"그럼 이번에야말로 [황금 과실]을 찾으러 가볼까요."

"그래! 이번에는 꼭 찾아냈으면 좋겠다!"

우리는 샘 근처에 있던 과일나무를 떠나 다른 과일 나무를 찾아보았다.

그렇게 탐색하던 동안에도 레티아와 이런저런 이야기를 하며 평범한 과일을 모으고 찾아낸 과일을 먹으며 나아가고 있었는데, 레티아가 갑자기 멈춰섰다.

"왜 그러세요? 무슨 일 있나요?"

루카가 의아해하며 묻자 레티아가 표정을 그대로 유지하며 대답했다.

"슬슬 과일을 먹는 것도 질리네요."

"아니, 뭐, 그렇게 많이 먹으면 질리기도 하겠지."

아까부터 계속 먹었으니 과일 맛도 질리겠지, 그렇게 말한 나는 보기만 해도 배가 부르다.

그런 레티아가 인벤토리에서 빵이 들어 있는 바구니를 꺼내 샌드위치를 먹었다.

그러자 레티아의 사역 MOB들도 먹던 과일을 단숨에 삼키고 재촉하기 시작했기에 레티아가 나누어주기 시작했다.

그리고 아삭아삭한 양상추가 들어 있는 샌드위치를 맛있게 먹는 모습을 보니······.

""꿀꺽······.""

나와 히노가 동시에 군침을 삼켰다.

부드러운 식빵과 양상추를 씹을 때 나는 생생한 소리, 빵틈새로 보이는 두꺼운 햄의 존재감.

과일에 질려 있던 나는 무심코 그 샌드위치를 먹고 싶다고 생각했다.

"······드실래요?"

우리의 시선을 눈치챈 레티아가 고개를 갸웃거리며 물었기에 우리는 고개를 끄덕이고 나서 바구니에 손을 뻗어 샌드위치를 들었다.

"으음! 맛있다. 신선하고 아삭아삭, 햄의 온기, 안에는 얇게 버터를 발랐고 식빵은 부드러워. 간단하고 소박한 맛이지만 정말 맛있어."

히노가 먹방을 하는 것처럼 설명했는데, 나는 이 샌드위치를 먹어본 적이 있는 것 같았다.

"음~. 예전에 먹어본 적이 있는 것 같은데, 어디서 먹었더라?"

"그런가요? 이건 받은 거라 어디서 파는지는 몰라요. 다음에 파는 곳을 찾아서 사러 가야겠네요."

나는 생각날 것 같으면서도 떠오르지 않는 기억으로 인해 답답했는데, 그 답이 나오기 전에 근처 나무 위에서 소리가 들렸기에 그쪽을 올려다보았다.

"으, 페어리 팬서구나. 방해하지 마."

조금만 더 있으면 답이 생각날 것 같은데, 그렇게 생각하고 기분이 나빠진 내가 검을 겨누었지만, 레티아가 손을 들어 나를 말렸다.

"제가 나설게요."

"레티아! 사역 MOB 없이 싸우면 위험해!"

"괜찮아요."

그렇게 말하며 자신 있다는 태도로 나무 위에 있던 페어리 팬서에게 다가갔다.

레티아가 눈앞으로 나오자 페어리 팬서가 나무 위에서 등에 달린 요정의 날개로 활공하며 뛰어내렸다.

경계심을 드러내는 페어리 팬서를 보고 레티아는 바구니 안에서 샌드위치를 하나 꺼내 내밀며 길들이기 시작했다.

그리고 레티아의 손을 통째로 집어삼키는 모습을 보고 우리가 깜짝 놀라 뛰어가려고 한 발짝 내디뎠지만, 레티아는 대미지를 입지 않았고 바로 페어리 팬서의 입에서 손을 천천히 빼냈다. 그 모습을 보고 있으니 매우 불안했다.

『――그오.』

낮게 울리는 울음소리를 내며 더 달라고 재촉하는 페어리 팬서에게 샌드위치를 더 주는 레티아. 우리 옆에는 샌드위치를 계속 먹어치우는 페어리 팬서를 원망스럽게 바라보는 레티아의 사역 MOB들이 있었다.

그리고 충분히 먹은 페어리 팬서가 땅바닥에 엎드려서 기분 좋은 듯이 그르르릉, 울음소리를 냈다.

그런 페어리 팬서의 이마게 손을 가져다 댄 레티아가 조교 스킬을 사용했다.

"――《테이밍》. 당신의 이름은 후유예요."

푸른 파문이 퍼졌고 조교가 성공했는지 페어리 팬서의 메뉴 표시가 비선공 MOB에서 아군으로 바뀌었다.

레티아는 조교에 성공한 뒤 무방비하게 배를 드러내고 있는 페어리 팬서 후유를 두 손으로 부드럽게 마사지해주었다.

"그건 그렇고 레티아의 네이밍 센스는 좀 특이하네. 봄(하루), 여름(나츠), 가을(아키), 겨울(후유)인 건 알겠는데 왜 페어리 팬서에게 가을을 뛰어넘어서 후유(겨울)라는 이름을 붙인 거야?"

레티아에게 히노가 그렇게 묻자 레티아는 돌아보지 않고 대답했다.

"지금 노리고 교섭 중인 MOB이 있어요. 그래서 아키(가을)는 그 애의 이름으로 따로 챙겨둔 거예요. 그리고 좀 희귀한 MOB은 예전 달력의 달 이름으로 붙이기로 했어요."

그래서 일반 MOB이 사계절이고, 희귀한 MOB이 달 이름이구나. 그런데 나중에 일반 MOB에게 붙일 이름이 부족해지면 어떻게 하려는 거지?

"그리고 이름이 부족해지면 숫자를 붙일 거예요. 독일, 스페인, 이탈리아어 중에서 이름 같아 보이는 걸 고르면 될 것 같아요. 넘버링 만세."

그렇게 말하고 살짝 웃는 레티아를 보고 나는 알아보기 편할 것 같긴 하다고 생각하며 쓴웃음을 지었다.

그리고 우리도 다가가 보니 레티아의 마사지를 받고 완전히 야성을 잃은 페어리 팬서 후유를 볼 수 있었다.

레티아가 자신의 페이스에 자연스럽게 끌어들이고 사역 MOB과 지내는 모습을 보니 우리도 자연스럽게 표정이 부드러워졌다.

"어떠세요? 쓰다듬어 보실래요?"

우리의 시선을 눈치챘는지 레티아가 우리를 올려다보며 물었다.

"어? 정말?!"

"그럼 호의를 받아들여서."

나는 그렇게 말한 레티아의 머리를 쓰다듬었다.

"……? 아닌데요. 후유를 쓰다듬어야죠."

레티아는 그렇게 지적하면서도 딱히 싫어하지 않고 기분 좋다는 듯이 눈을 가늘게 뜬 채 더 쓰다듬어달라는 듯이 내 손에 머리를 기댔다.

나는 막내라서 잘 모르겠지만 여동생이 있다면 이렇지 않을까 하는 생각을 했다.

오늘처럼 레티아에게 휘둘리거나 머리를 쓰다듬어주고 싶어질지도 모른다.

페이스가 흐트러지니 처음에는 당황했지만, 싫은 느낌이 들지는 않은 것을 언니들이 항상 느끼고 있을까 하는 생각도 들었다.

"호오, 턱 밑이 푹신푹신, 푹신푹신해!"

"멋지네요. 그리고 다리하고 몸도 의외로 다부져서 가벼운 사람은 탈 수도 있겠어요."

히노가 페어리 팬서의 턱 밑을 쓰다듬으니 그릉그릉 울음소리를 냈고, 루카가 발바닥과 발을 꾹꾹 마사지하며 분석하고 있었다.

그리고 우리가 후유의 몸을 충분히 만지자 조용히 일어난 페어리 팬서가 레티아에게 등을 돌린 채 걸어가기 시작했다.

그리고 잠시 나아간 다음 돌아보며 멈춰 섰다.

"……왜 그러는 거죠?"

"따라오라고 하는 것 같아. 따라가 보자!"

내가 그렇게 말하자 모두 함께 후유를 따라갔다. 레티아의 사역 MOB이 된 후유는 우리를 해치지 않을 테고, 뭔가가 있다면 보고 싶다.

그리고 후유가 안내해준 곳에는——.

"오오?! 앗싸! [황금 과실]이야!"

우리가 올려다본 곳에는 수박 [황금 과실]이 맺혀 있었다.

안아 드는 것도 힘들 정도로 커다랗고 금빛으로 반짝이는 수박을 올려다본 우리 앞에서 페어리 팬서 후유가 나무줄기를 타고 올라가 수박 [황금 과실]이 있는 곳에 도착한 다음 앞다리 발톱에 바람을 두르며 휘둘렀다.

그로 인해 [황금 과실]에 이어진 넝쿨이 끊어져서 자연스럽게 떨어졌다.

초식동물인 하루가 다시 털을 부풀려서 떨어진 [황금 과실]을 살짝 받아냈고, 그것을 레티아가 들어 올렸다.

"해냈어요. 이번에는 제대로 얻었네요."

그렇게 말하며 우리들도 볼 수 있게 수박 [황금 과실]을 들어 올렸다.

"바로 먹죠."

"그럼 여덟 조각으로 잘라야겠네요."

루카에게 넘긴 수박 [황금 과실]을 바스타드 소드로 깔끔하게 여덟 조각으로 나누었다.

그것을 우리와 레티아의 사역 MOB들이 받아들었다.

"그럼 마이 스푼 준비. 잘 먹겠습니다."

인벤토리에서 자신의 스푼을 꺼내 먹기 시작한 레티아.

그리고 그와 동시에 힘차게 먹기 시작한 사역 MOB들.

우리도 그 모습을 보며 자신의 수박을 한입 먹었다.

수박 [황금 과실]은 겉이 금빛으로 반짝거렸지만, 안은 평범하게 붉은 수박이었고 씨앗은 황금색이었다.

그런 수박을 한입 먹자 시원한 맛과 단맛이 지금까지 먹어본 모든 수박보다 맛있게 느껴졌다.

그리고 수박을 먹음으로써 DEF 스테이터스도 일시적으로 상승했다.

정신을 차리고 보니 너무 맛있어서 순식간에 다 먹어버렸고, 여운에 젖어 있었다.

그리고 레티아 쪽을 보니 초식동물 하루와 페어리 팬서 후유가 이미 [황금 과실]을 다 먹은 상태였고, 입 주위에 묻은 과즙을 핥고 있었다. 그것조차 없어지자 아직 남아 있던 레티아와 밀버드 나츠의 수박을 노리기 시작했는데──.

『빠오오옹──.』

두 마리 앞을 가로막으려는 듯이 코를 뻗는 가네샤 무츠키. 마치 안 된다고 하는 것 같은 느낌인 긴 코 너머로 [황금 과실]을 먹고 있는 모습을 보며 두 마리가 침을 흘리고 있었다.

좀 불쌍한 느낌도 들었지만 자기 몫은 다 먹어버렸고 딱히 줄 음식도 없었기에 지켜보고 있자니 밀버드 나츠가 자기 몸보다 큰 [황금 과실] 조각 중 3분의 1을 먹고 배가 불렀는지 레티아의 어깨 위로 올라갔다.

"이제 배부른가요? 먹고 싶어 하는 하루하고 후유에게 나누어줘도 되나요?"

그래도 된다는 듯이 작은 고개를 끄덕이고 지저귀는 듯한 소리로 대답하는 나츠.

그러자 레티아가 남은 수박의 빨간 부분을 잘라 하루와 후유 앞에 내려놓았다.

"하루, 후유, 기다려."

하루는 이미 익숙한지 수박을 내려놓자 먹고 싶어 하면서도 먹으려 하지 않았고, 후유는 수박을 내려놓자 달려들려는 기세로 몸을 앞으로 내밀다가 기다리라는 말을 듣고 어쩔 수 없이 다시 앉으며 참았다.

"먹어도 돼요."

레티아가 허락하자 힘차게 먹기 시작한 두 마리를 보고 우리는 미소를 지었다.

"치유되는 것 같아. 저런 광경을 보니."

내가 그 광경을 보고 있자니 루카와 히노도 고개를 끄덕였다.

그리고 헤어질 시간이 왔다.

"오늘 감사합니다. 여러 가지 과일을 모을 수도 있었고,

소원이었던 [황금 과실]도 먹을 수 있었어요."

"아하하핫, 사실 일곱 종류 전부 제패하고 싶었는데, 결국 찾아낸 건 포도하고 수박뿐이었고 포도는 적 MOB이 먹어버렸잖아."

"그래도 맛있었어요. 다음에는 그대로 먹는 게 아니라 프루트펀치로 만들어서 먹어보고 싶네요."

"아, 엄청 맛있을 것 같아!"

헤어질 때 설마 하던 위장 테러라니, 다음에 [황금 과실]을 얻게 되면 윤 오빠에게 뭔가 만들어달라고 해야겠다.

수박으로 프루트펀치, 배나 사과로 타르트, 그런 생각을 하기만 해도 침이 흐를 것 같다.

"오늘 감사합니다. 뮤우 씨, 루카토 씨, 히노 씨."

레티아는 그렇게 말하고 고개를 숙인 다음 가네샤 무츠키의 다리를 발판 삼아 등에 탄 다음 떠나갔다.

신기한 만남이었지, 그렇게 생각하며 레티아가 보이지 않게 될 때쯤 눈치챘다.

"아! 프렌드 교환하는 걸 깜빡했어!"

"그러고 보니 그렇네요. 저도 느긋한 분위기라 깜빡하고 있었어요."

"그래도 의외로 금방 만날 수 있을지도 몰라. 엄청 눈에 띄니까."

히노가 한 말을 듣고 보니 그럴 것 같다는 생각이 들었다. 아마 굳이 찾지 않아도 어디선가 나타날 것 같다고 생각하며 스스로 납득했다.

"그래. 분명 또 만날 수 있겠지."

우리도 레티아와 유쾌한 동료들을 다시 만날 날을 기대하
며 로그아웃했다.

15화 할로윈과 과자 만들기

10월 하순── 현실 이곳저곳에서 할로윈 장식이 보이는 가운데 OSO도 할로윈 분위기에 휩싸여 있었다.

"역시 할로윈이니 유령 가장은 단골이지."

"그런데 요즘에는 가장이라기보다는 코스프레라고 하는 게 더 정확할지도 모르겠네요."

OSO에서는 할로윈 당일에 플레이어들의 가장 퍼레이드가 열릴 예정이었고, 그 행사에 참가하기 위해 우리 파티도 노점에서 가장용 아이템을 찾고 있었다.

노점을 보면서 이것도 아니다, 저것도 아니다, 그렇게 이야기를 하고 있자니 할로윈 추억 이야기가 나왔다.

"……뮤우 양하고 루카토는 할로윈 추억 같은 거 있나요?"

토비가 쭈그려 앉아서 노점 할로윈 인형을 들고 이쪽을 올려다보며 물었다.

"할로윈 추억 말인가요?"

턱에 손가락을 대고 고민하던 루카는 뭔가 떠올랐는지 쓴웃음을 지었다.

"사이가 좋은 친구들하고 과자를 교환하거나 근처에 사는 친구 집에 과자를 받으러 가곤 했네요."

뭐, 부모님들끼리 미리 상의해서 과자를 준비하셨겠지만 즐거웠어요, 그렇게 대답한 루카.

루카의 미소를 보고 덩달아 미소를 지은 토비는 나를 보았다.

"할로윈 때는 말이지. 보통 내가 언니들한테 과자를 졸라서 만들어달라고 하는데."

지금까지 만들어달라고 한 과자는 호박 푸딩, 3색 야채 쿠키, 스위트 포테이토, 사탕, 그렇게 손을 꼽으며 세어보았다.

과자 이름을 말하자 약간 떨어진 노점을 보고 있던 히노와 다른 사람들이 돌아왔다.

"뭐야뭐야? 뮤우, 무슨 이야기해?"

"할로윈 때 지금까지 언니들한테 만들어달라고 했던 과자를 생각하고 있었어."

이야기 중간에 끼어든 히노와 다른 사람들에게 설명했다.

"세이 씨하고 윤 씨의 과자라. 맛있을 것 같네. 당일에 받을 수 있을까?"

"음~. 아마 그럴 거야. 세이 언니는 이벤트 같은 걸 꽤 좋아하고, 윤 언니도 꼼꼼하니까 둘 다 준비할 것 같은데."

세이 언니는 OSO에서 [요리] 센스를 가지고 있지 않으니 [요리] 센스를 지닌 플레이어나 NPC에게서 살지도 모르겠지만, 윤 오빠는 아마 손수 만들 것이다.

"근디 받기만 하는 건 좀 그러니께 우리가 주는 건 어떤감?"

코하쿠의 말을 듣고 준다는 선택지에 대해 생각해 보았다.

평소에는 세이 언니와 윤 오빠에게 과자를 받기만 했지

만, 가끔은 내가 과자를 주는 것도 괜찮을 것 같다.

그리고 OSO는 가상현실 세계다. 만약 요리에 실패하더라도 실제로 식재료를 낭비하는 것이 아니다.

"응! 괜찮을 것 같은데! 올해는 퍼레이드에 참가해서 아는 사람들에게 과자를 나누어주는 것도 재미있을 것 같아!"

"그거 좋다! 나도 찬성!"

내 갑작스러운 생각에 히노도 맞장구를 쳐주는 와중에 후후훗, 그렇게 수상쩍은 웃음소리가 들려서 반사적으로 몸이 굳었다.

"과자를 가지고 있으면 미소녀들이 트릭 오어 트리트 할 테니 일부러 주지 않고 장난을 당하는 플레이도……."

주르륵, 그렇게 흘러내릴 것 같은 침을 닦은 리레이를 코하쿠가 흘겨보았고, 나와 다른 사람들은 쓴웃음을 지었다.

"그런데 어떤 과자를 만들면 좋을까요?"

그런 와중에 나는 루카가 조용히 중얼거린 말을 듣고 굳었다.

의문을 품고 있는 루카의 시선으로부터 도망치기 위해 눈을 살며시 돌렸지만 어이가 없다는 눈치인 코하쿠에게 들켜버렸다.

"설마, 뮤우. 아무런 생각도 없는 건 아니제?"

"그, 그렇지 않아! 응! 그래! 요리를 가르쳐줄 사람에게 과자를 만드는 걸 도와달라고 하자!"

나는 딱딱한 목소리로 코하쿠에게 대답했다. 의존할 사람은 바로 생각났다.

"자! 가자! 요리를 가르쳐줄 사람이 있는 곳으로!"

"뮤우 양! 잠깐만요!"

뛰어가기 시작한 나를 따라 루카와 히노, 토비, 코하쿠, 리레이가 쫓아왔다.

그리고 간 곳은 제1마을 남쪽에 있는 가게──.

"윤 언니! 과자 만드는 거 가르쳐줘!"

뛰어든 곳은 윤 오빠의 가게인 [아트리엘].

윤 오빠는 이러쿵저러쿵해도 부탁하면 과자 만드는 것을 도와줄 것이다.

가게에 들어가서 처음 본 광경은 긴 머리카락을 뒤로 묶고 앞치마를 두른 뒤 프라이팬과 고구마를 각각 손에 들고 있던 윤 오빠의 모습이었다.

"왜 그래? 뮤우. 그리고 루카토하고 다른 사람도……."

윤 오빠는 들고 있던 프라이팬과 고구마를 테이블 위에 올려놓고 물었다.

"허억, 허억…… 갑자기 들이닥치면, 폐가 되잖아요."

"저기…… 일단 가게에서 쉴래?"

나중에 따라와서 숨을 헐떡거리면서도 주의를 주는 루카에게 윤 오빠가 쉬라고 권했다.

그리고 모두의 차를 준비해주었다.

"그래서, 갑자기 가게에 와서 '과자 만드는 거 가르쳐줘'라니. 대체 무슨 소리야?"

"할로윈이 얼마 안 남았잖아? OSO에서 가장 퍼레이드에 참가해서 과자를 나누어주면서 돌아다니고 싶다~라고 생각했거든."

"그것 때문에 과자 만드는 걸 가르쳐달라고 온 거야?"

윤 오빠의 말을 듣고, 나는 고개를 끄덕였다.

"부탁할게, 윤 언니."

나는 윤 오빠를 올려다보며 부탁했다.

"정말, 어쩔 수 없지."

긴 한숨을 쉬며 대답해주었다.

"앗싸아! 고마워! 윤 언니! 정말 좋아!"

나는 카운터 너머로 몸을 내밀고 윤 오빠의 두 손을 잡았다.

내 호의를 대놓고 받으니 쑥스러웠는지 약간 볼을 붉힌 채 고개를 돌리는 윤 오빠.

"후후훗, 사이가 좋은 남매라 부럽네요. 눈호강이에요."

리레이가 그렇게 중얼거리자, 윤 오빠는 얼굴을 붉힌 채 토라진 듯한 표정을 지었다.

하지만 내가 잡은 손을 억지로 떨쳐내려 하지 않는 것을 보니 윤 오빠의 자상한 마음이 느껴졌다.

"뮤우. 알았으니까, 손……."

"아, 미안해."

"에휴, 정말……."

쑥스러워서 붉어진 얼굴을 가리려는 듯이 윤 오빠는 한숨을 쉬며 항상 하던 말을 하고 나서 숨을 돌렸다.

"그래서, 과자를 만든다고는 했는데 뭘 만들지는 정했어?"

"아니, 전혀 정하지 못했어."

"그렇죠. 저희들도 간단히 만들 수 있고 많이 나누어줄 수 있는 과자가 좋을 것 같아요."

루카가 할로윈 때 나누어줄 과자에 대해 보충 설명을 하자 윤 오빠가 턱에 손을 대고 생각에 잠겼다.

"그렇다면 단골이라 할 수 있는 쿠키 같은 게 나으려나? 아니, OSO에는 인벤토리가 있으니까 가지고 다니기 힘든 과자라도 상관없나?"

"저요, 저요~! 나는 초콜릿 쿠키를 만들고 싶어!"

"저는 호박을 써서 과자를 만들어보고 싶네요."

"……저는 푸딩이나."

"나는 요리 같은 걸 거의 해본 적이 없으니까 간단한 게 좋을 것 같은데."

"내도 루카토하고 마찬가지로 야채를 써서 만든 과자가 좋은디."

"후후훗, 고민이 되지만 너무 종류가 많으면 윤 씨가 힘드시겠죠. 저는 도움이 필요할 때 도울게요."

우리 의견을 듣고 윤 오빠가 바로 각자에게 맞는 과자를 제안해주었다.

"뮤우는 초콜릿 쿠키를 만들면 된다는 거지? 뭐, 만들고 싶으면 도와주긴 하겠지만…… 그리고 루카토하고 토우토비 두 사람은 호박 푸딩을 만드는 건 어때? 히노는 간단한 쿠키, 코하쿠는 당근 시폰 케이크를 만드는 게 좋을지도 모르겠다."

술술 나오는 과자 이름을 듣고 모두가 군침을 삼켰다.

"호박 푸딩…… 그런데 나누어주러 다니기 불편하지 않을까요?"

"그라제. 그리고 나누어줄려면 많이 만들어야 할 건디."

맛있을 것 같은 과자 이름을 듣고 먹고 싶다는 마음을 억누르며 문제를 지적하는 루카와 코하쿠.

"……하지만 일단 만들어봐야 알 수 있겠죠."

"그래. 한 번 만들어보고 나서 판단하는 게 어때?"

하지마 토우토비는 반대 의견을 제시했고, 그 의견에 맞장구를 친 히노.

그러자 윤 오빠가 모두의 의견을 정리해서 결론을 냈다.

"알았어. 지금은 시간이 없으니까 나중에 시간을 내서 레시피를 시험해볼게."

"그럼 식재료는 내가 전부 마련할게!"

노점에서 팔고 있던 아이템 중에는 할로윈용 식재료 계열 아이템도 포함되어 있었기에 모으는 것은 간단했다.

벌써부터 할로윈 과자 만들기가 기대된다, 그렇게 생각하고 있자니 카운터 쪽에 있던 유니콘 뤼이와 검은 여우 자쿠로가 다가왔다.

"뀨우~."

"응? 아, 뤼이하고 자쿠로. 기다리게 해서 미안해. 금방 간식 먹자."

"그러고 보니 우리가 왔을 때 고구마를 들고 있었는데, 뭐 만들려고?"

윤 오빠가 요리를 하려다 말았다는 사실을 떠올렸다.

고구마를 사용해서 할로윈 과자를 만드나 싶어서 기대하며 물어보니 예상과는 다른 대답이 돌아왔다.

"마침 고구마를 잔뜩 받아서, 고구마 맛탕하고 고구마 스틱."

"선택지가 좀 수수하네."

"후후훗, 윤 씨의 소박한 구석도 싫진 않답니다."

"뭐, 일단 지금 만들 거니까 조금만 기다려."

윤 오빠는 다시 프라이팬과 고구마를 들고 간식을 만들기 시작했다.

한입 크기로 자른 고구마를 살짝 볶은 다음 버터와 벌꿀을 발라 표면을 코팅했다.

마지막으로 검은 깨를 뿌려서 완성.

뤼이와 자쿠로가 벌꿀이 뚝뚝 떨어지는 따끈따끈한 고구마를 입에 머금고 김을 내뱉으며 먹고 있었다.

우리도 받아서 먹어보았다.

단순하게 조리한 간식이라 고구마의 단맛을 잘 알 수 있었다.

우리가 먹고 있던 동안 윤 오빠는 고구마 스틱을 추가로 만들었다.

얇게 썬 고구마를 기름에 살짝 튀기고 끈적끈적하게 졸여 만든 물엿을 재빨리 발라 식혔다.

이쪽은 가늘고 긴 과자를 먹는 느낌으로 간단히 먹을 수 있기 때문에 모험을 하다가 만복도를 회복시키는데 딱 좋은 느낌이다.

하지만 10대 젊은이라기보다는 어머니의 요리 같은 소박한 느낌이 드는 간식이다.

고구마 맛탕을 먹는 뤼이와 가늘고 긴 고구마 스틱을 앞발로 잡고 아삭아삭 먹는 자쿠로를 바라보는 윤 오빠.

그 모습을 보니 그러니까 더 [보모 씨] 요소가 강해지는 것 아닌가? 하는 생각이 들었다.

●

루카 일행과 시간을 맞춰서 과자를 만들기로 한 날, 임시 휴업한 [아트리엘]에 모두가 모였다.

나는 인벤토리에서 사전에 과자를 만들기 위해 모은 식재료를 꺼냈다.

"자, 이번에는 정신 바짝 차리고 과자를 만들자!"

"오~!"

내가 외치자 히노가 나와 함께 씩씩하게 대답했지만, 다른 사람들은 곤란하다는 듯이 웃었고 윤 오빠만은 두통을

참는 듯이 관자놀이에 손가락을 가져다 댔다.

"뮤우. 설탕하고 밀가루, 버터, 그리고 야채를 가져온 건 맞아. 그리고 초콜릿을 만들기 위해서 코코아 콩을 그대로 가져온 것까지는 좋아. 그런데 이건 뭐야!"

윤 오빠가 그렇게 말하며 손가락으로 가리킨 곳에 있던 것은 녹색과 노란색, 붉은색 향신료.

"저기…… 고추냉이하고 머스타드, 그리고 고추?"

"호오, 뮤우가 만들 과자에는 고추냉이하고 머스타드, 고추가 들어가?"

허리에 손을 얹고 눈을 흘기는 윤 오빠.

나는 도망치려는 듯이 눈을 돌리면서 대답했다.

"저기…… 그러니까, 러시안 룰렛용이라고 해야 하나, 할로윈 장난용이라고 해야 하나……."

"뮤우, 이건 몰수야."

"그럴 수가~."

윤 오빠는 그렇게 말한 뒤 재빠르게 그 향신료들을 치워 버렸다.

나는 살짝 풀죽어서 근처에 있던 루카의 가슴에 뛰어들었다.

"루카, 위로해줘~."

"정말. 항상 음식으로 장난치지 말라고 했잖아."

윤 오빠는 나를 전혀 신경 쓰지 않고 금방 준비한 재료를 확인한 뒤 우리가 만들 과자에 필요한 식재료를 나누었다.

초콜릿 케익 담당은 나.

호박 푸딩 담당은 루카와 토비.

쿠키 담당은 히노.

당근 시폰 케이크 담당은 코하쿠.

마지막으로 자유롭게 다른 사람을 도와줄 리레이.

"그런데 저희가 정말 과자를 만들 수 있나요? [요리] 센스가 없는데요."

"그건 괜찮아. 이 도구는 전부 센스 미소유자들이 체험용으로 쓸 수 있는 보조 아이템이니까."

그렇게 말하며 각자 담당한 과자의 레시피 메모를 건네는 윤 오빠.

이곳에 있는 아이템, [스위츠 팩토리]는 여름 캠프 이벤트 때 얻은 과자 만들기 전용 요리 도구다.

그 효과는 과자 계열 요리 아이템의 효과를 약간 올려주는 것이지만, 부차적인 효과로는 [요리] 센스가 없더라도 요리 판정을 발생시켜주는 것이 있다.

하지만 판정이 발생하기만 할 뿐, [요리] 센스를 지니고 있는 사람이 만든 것처럼 완성된 요리에 스테이터스 보정이 부여되지는 않는다.

나는 받은 초콜릿 케이크 메모를 훑어보았다. 그런 와중에도 바로 요리를 시작한 다른 사람들은——.

"윤 씨, 호박 푸딩을 만들 때 호박은 어떻게 처리하죠?"

"껍질하고 씨앗, 그리고 솜같이 생긴 부분을 떼어내고 삶아서 부드러워지면 체로 걸러."

"……이 큼직한 호박으로 랜턴을 만들고 싶은데."

"후후훗, 그럼 제가 이 커다란 스푼으로 안을 파낼게요."

"……그럼 부탁할게요. 저는 계란 반죽을 만들죠."

호박 푸딩을 만드는 쪽에 리레이가 끼어서 식칼과 스푼을 사용해 커다란 호박 안쪽을 파내기 시작했다.

토비는 달걀을 깨서 담은 뒤 거기에 설탕과 우유, 그리고 향을 첨가하기 위한 바닐라 에센스를 넣은 뒤 거품기로 섞기 시작했다.

그리고 다 파낸 호박을 찜기로 찌는 동안, 루카가 설탕과 물을 냄비에 태우지 않게끔 졸여서 캐러멜 소스를 만들고 있었다.

"윤 씨! 내 쿠키는 어떻게 만들어?"

"그 박력분, 설탕, 버터만으로 만들 수 있는 간단한 거야. 우선 분량대로 그릇에 넣고 계속 섞어서 덩어리로 만드는 것부터 해."

"알았어!"

히노에게 내린 지시는 꽤 간단했고, 레시피대로 재료를 계속 섞기만 하는 거라면 과자 만들기 초보인 히노도 할 수 있다.

오히려 OSO에서 ATK 스테이터스가 높은 히노는 계속 반죽을 섞는 것처럼 피곤한 작업이 적합하다.

"다음은 우리인디. 윤 씨, 부탁한당께요. 근디 뭐하면 된

당가요?"

"달걀노른자하고 설탕, 샐러드유를 섞은 다음에 잘게 간 당근하고 박력분, 베이킹파우더를 섞어. 그런 다음에 머랭을 넣고 반죽을 구우면 돼."

그렇게 말하자 코하쿠가 척척 만들기 시작했다.

약간 서투르게나마 조금씩 레시피 공정을 진행해나가는 와중에 나는 아직 멍하니 식재료 앞에 서 있었다.

"으, 으음, 으으음!"

내가 아무것도 하지 못하고 끙끙대고 있자니 윤 오빠가 작업하던 것을 멈추고 이쪽으로 와주었다.

"자, 뮤우가 만드는 걸 도와줄 테니까."

"흐에에엥! 윤 언니~."

"집에서 코코아 콩으로 초콜릿을 만들려고 하는 녀석이 어디 있냐. 정말."

"아니, 윤 언니가 도와주면 할 수 있지 않을까? 싶어서."

"보통은 제과용 초콜릿 같은 걸 쓰는 법이야. 뭐, 스킬을 쓰면 어떻게든 되려나──《조리》."

윤 오빠가 코코아 콩을 들고 [요리] 센스의 스킬을 발동시키자 코코아 콩이 빛을 내뿜은 뒤 한순간에 새까만 판초콜릿으로 변했다.

"오옷?!"

그 광경을 보고 있던 루카와 다른 사람들도 자기도 모르게 소리를 내며 감탄했고, 요리하던 것을 멈추고 있었다.

"음, 초콜릿 준비는 대충 이 정도면 되려나?"

그렇게 말한 다음 완성된 판초콜릿을 손으로 갈라서 적당한 크기로 만든 다음 큼직한 접시 위에 올려놓은 윤 오빠.

그런 윤 오빠에게 들키지 않게끔 나와 히노가 몰래 다가가서——.

"잘 먹겠습니다!"

"아, 뮤우! 중간에 집어먹냐!"

"나도~!"

"아니, 히노도!"

몰래 다가와 있던 나와 히노가 각각 윤 오빠의 옆구리 너머로 팔을 뻗어 판초콜릿 조각을 들고 곧바로 입에 넣었다.

"으읍?! 써!"

"으엑, 너무 써~."

입안에서 녹은 판초콜릿의 쓴맛이 상상했던 초콜릿의 맛과는 달랐기에 나도 모르게 소리를 질러버렸다.

윤 오빠는 그런 우리를 보고 어이가 없다는 눈치였다.

"정말, 멋대로 집어먹으니까 그렇지. 그리고 《조리》 스킬을 사용한 식재료는 코코아콩 뿐이니까 쓴 게 당연한 거야. 설탕이 안 들어갔으니까."

"그래도~."

그런 나와 히노에게 다크 초콜릿 중탕용 물을 써서 입을 가실 차를 끓여주었다.

"어때? 좀 진정됐어?"

나와 히노는 차를 마시고 진정한 뒤 고개를 끄덕였다. 히노는 다시 자기 쿠키 반죽을 하러 돌아갔다.

"그럼 뮤우는 부순 판초콜릿을 중탕으로 녹여줘. 나는 흰자로 머랭을 만들어둘 테니까."

윤 오빠는 그렇게 말한 다음 달걀을 깨서 흰자와 노른자로 나눈 다음 거품기로 계속 저었다.

나도 얌전히 윤 오빠가 마련해준 뜨거운 물이 들어 있는 그릇 위에 유리 그릇을 얹은 뒤 그 안에 잘게 자른 판초콜릿을 넣고 나무주걱으로 저었다.

맨손으로 잘게 부쉈기 때문에 판초콜릿을 식칼로 잘게 썰 필요도 없었다.

"후후훗, 뮤우 양도 평범하게 요리를 할 수 있군요. 놀랍네요."

리레이와 다른 사람들은 벌써 호박 푸딩을 만들기 위해 호박을 다 파낸 모양이었다.

내 모습을 살펴보며 호박 껍질에 눈과 코를 조각해서 랜턴을 만들기 시작하고 있었다. 루카와 다른 사람들도 리레이가 한 말을 듣고 살짝 웃으며 고개를 끄덕였다.

"듣고 보니 그렇네요. 뮤우 양은 요리를 하지 못한다고 했는데, 지금까지는 문제가 없는 것 같아요."

"폭발, 화재, 그리고 설탕하고 소금을 착각하거나 식칼이 어디론가 날아가는 거 말이지. 나도 하지 않을 것 같은 실수니까. 진짜 말도 안 돼."

"……그건 픽션이에요."

"뭐, 나는 평범하게 과자를 만들 수 있어서 만족스럽긴 한다."

"".............""

그런 식으로 느긋하게 이야기를 나누는 한편. 나는 마음속으로 식은땀을 흘렸고, 윤 오빠는 입을 다물었다.

"저기…… 혹시 이미 저지른 적이 있어?"

"일단…… 그, 그래도 큰 사고가 나진 않았어!"

그렇게 허둥대며 말하면서 변명했지만, 루카와 다른 사람들이 미묘하게 거리를 둔 것 같은 느낌이 들었다.

"폭발은 설탕하고 밀가루를 불 근처에서 엎어서 생겨난 소규모 분진폭발. 화재는 너무 태워서 생겨난 탄화 화재. 설탕하고 소금을 착각한 뒤로는 뮤우 앞에 착각하기 쉬운 조미료를 절대 내놓지 않기로 했어. 그리고 식칼도 절대로 쥐게 하지 않고."

그렇게 말하며 굳은 표정을 짓고 있는 윤 오빠. 그랬어?! 그렇게 생각하며 내 근처에 있는 과자 재료를 보니 불이 날 요소가 없게끔 재료는 조금, 순서는 간단, 날붙이는 놔두지 않았다! 그렇게 세심한 주의를 기울였다는 사실을 깨달았다.

"일단 뮤우 말고도 모르는 게 있으면 내가 도와줄게."

"그럼 윤 씨. 찐 호박을 다 갈아서 으깼는데요, 이제 어떻게 하죠?"

"그럼 토우토비가 만든 달걀 반죽을 체에 넣고 조금씩 섞어. ……그리고 지금 호박 푸딩을 찔 찜기 준비를 해둘까."

"윤 씨~. 쿠키 반죽은 이 정도면 돼?"

"괜찮은 것 같은데? 이제 거기 있는 쿠키 틀을 써서 마음에 드는 모양으로 반죽을 뜬 다음에 시트 위에 늘어놓으면 돼."

"내 시폰 케이크 말인디, 이러면 된당가요?"

"응. 코하쿠는 재주가 좋구나. 이건 이제 틀에 넣어서 오븐으로 굽자. 기다리는 동안 휘핑 크림을 만들어서 먹을 때 곁들이면 좋을 거야."

윤 오빠는 루카와 다른 사람들을 도와주며 돌아다니고 있었다.

윤 오빠에게 말을 거는 것이 꺼려져서 다음에 어떻게 해야 할지 모르겠다.

우선 만든 머랭과 녹인 초콜릿이 있는 것이 보였다.

"음~. 레시피를 읽어보면 할 수 있겠지."

노른자와 설탕을 녹인 초콜릿에 넣고 섞는다. 그런 다음 머랭을 넣고 하늘하늘하게 섞는다.

하늘하늘하게? 레시피에 적혀 있는 단어를 보고 나는 의문을 품었다.

머랭은 하늘하늘하니까 적당히 섞으면 되겠지, 그렇게 자신의 감을 믿고 나누어두었던 노른자와 한 눈금 분량의 설탕, 그리고 머랭을 **한 번에 다 넣고** 섞기 시작했다.

노른자는 신선해서 탄력이 있기 때문에 확실하게 뭉갰고, 설탕도 초콜릿을 계속 중탕했기 때문에 금방 녹았다.

그리고 나중에 눈치챈 것은——.

"앗?! 버터가 남았네. 넣어야지!"

딱히 넣으라는 말은 없었지만 준비한 버터도 반죽에 넣고 녹였다. 머랭의 하늘하늘한 느낌이 사라지고 찐득거리는 반죽이 생겨났다.

그게 제대로 된 건지도 모르고 홀 케이크 틀에 넣은 뒤 미리 준비되어 있던 오븐 중 하나에 넣었다.

이제 완성되기를 기다리기만 하면 된다.

"히노, 내가 도와줄게."

"정말? 그럼 쿠키 반죽을 틀로 뜨는 걸 도와줘."

히노가 만든 쿠키 반죽을 밀대로 편 뒤 그것을 별 모양이나 하트 모양, 동그라미 모양, 그렇게 전형적인 쿠키 모양을 떠내 시트 위에 늘어놓았다.

그렇게 작업하고 있자니 가게 안에 점점 달콤한 향기가 퍼지기 시작했다.

"달콤한 향기가 나네요. 배가 고파졌어요."

"……이게 끝나면 맛을 보고 싶어요."

컵에 캐러멜 소스와 호박, 달걀 반죽을 섞은 것을 넣고 찜기 안에 늘어놓고 있는 루카와 토비.

호박 푸딩 만들기도 막바지에 접어든 모양이었다.

"그라제. 휘핑 크림 거품내는 게 좀 힘든디, 누가 좀 교대해줬으면 좋겠네."

"후후훗, 코하쿠. 힘내세요."

"리레이, 한가하면 도와주랑께!"

그런 느낌으로 이야기하고 있던 사람들 가운데 유일하게 윤 오빠만 낮은 목소리로 말했다.

"이 냄새는 초콜릿 케이크인가? 뮤우, 설마 혼자서 만들었어?"

"저기, 응! 레시피가 있으니까 만들 수 있어! 믿어줘! 윤 언니!"

"정말 어지간한 경우가 아니라면 실패할 일이 없는 간단 레시피인데…… 뭐, 일단 좀 볼까?"

루카와 다른 사람들이 과자를 만드는 것을 감독하고 있던 윤 오빠는 나와 함께 오븐에 넣은 초콜릿 케이크를 꺼냈다.

시간에 맞춰서 제대로 구운 줄 알았던 초콜릿 케이크, 표면이 살짝 부풀기는 했지만, 금이 가서 쪼그라들어버렸다.

윤 오빠가 식칼로 찌른 다음 꼼꼼하게 틀에서 초콜릿 케이크를 떼어냈다.

동그란 틀 안쪽이 그을려서 탄화되어 있었다.

"이럴 수가, 레시피대로 했는데."

"아~, 머랭 거품이 꺼져서 부풀지 않았구나. 그리고 틀에 달라붙지 않게끔 버터를 바르지도 않았고."

"또 실패했어어! 예전부터 요리를 하거나 과자를 만들면 실패만 해!"

울상을 짓는 나를 보고 윤 오빠는 곤란하다는 듯이 웃은 다음 그을린 부분을 식칼로 떼어내고 가운데 부분을 잘라내 내 눈앞에서 먹었다.

"응. 겉으로 보기엔 실패했지만 맛은 나쁘지 않네. 타지만 않았으면 맛있었을 거야."

"거짓말! 내 실패한 과자가 맛있을 리가 없어!"

"머랭이 꺼져서 초콜릿 케이크라기보다는 그냥 초콜릿 같은 느낌이긴 하지만, 맛있어."

자, 그렇게 말하며 먹기 편한 크기로 자른 초콜릿 케이크를 포크로 찍어 내미는 윤 오빠.

"자, 먹어봐."

"으, 응. 아앙~."

나는 윤 오빠가 포크로 찍어 내민 초콜릿 케이크를 입에 넣었다. 입안 온도로 인해 금방 녹아버릴 정도로 맛이 진했다.

"정말이네. 맛있어!"

"거짓말 아니지?"

윤 오빠가 그렇게 미소를 지은 다음 실패한 초콜릿 케이크를 다시 자르기 시작했다.

"후후훗, 울상을 짓는 뮤우 양의 표정, 그리고 사이좋은 자매가 아앙~ 해주면서 먹여주는 모습, 정말 잘 먹었습니다."

그런 우리의 모습을 황홀한 표정으로 바라보고 있던 리

레이.

루카와 다른 사람들을 둘러보니 따스한 시선으로 바라보고 있었다.

"으, 뭐야? 왜 그래?"

"아뇨, 훈훈하다 싶어서요."

루카가 한 말을 듣고 나는 윤 오빠의 얼굴을 보았다. 오빠가 그런 내 시선을 눈치챘는지 왜 그러냐는 듯이 고개를 살짝 갸웃거리며 나를 바라보았다.

"자, 이제 조금 남았어. 이게 끝나면 맛을 볼 겸 쉬자."

"""""네~.""""""

우리는 윤 오빠에게 대답하면서 다 쓴 도구와 식재료 계열 아이템을 정리하고 차를 마실 준비를 했다.

●

초콜릿 케이크를 실패하긴 했지만 모두의 과자가 어느 정도 완성되었기에 휴식할 겸 시식하게 되었다.

"우선 다들 고생했어."

"지쳤어~, 실패했어~."

"뭐, 열심히 했으니까 됐지. 자."

윤 오빠는 그렇게 말하며 카운터에 엎드린 내 머리를 쓰다듬어 주었다.

안심이 되는 기분으로 눈을 가늘게 뜨고 있자니 옆에 머

그 컵이 놓였다.

"윤 언니, 고마워."

"남은 초콜릿으로 만든 초콜릿 드링크야. 달게 만들었으니까 마시면 진정이 되겠지."

오빠가 내민 초콜릿 드링크를 나까지 포함해서 모두 함께 마시니 나른한 한숨이 새어 나왔다.

"그래서 과자 만든 건 어땠어?"

모두가 숨을 돌리자 이야기를 꺼내는 윤 오빠.

첫 번째로 루카와 토비가 자신들이 만든 호박 푸딩에 대해 평가를 내렸다.

"잘 만든 것 같아요. 하지만 나눠주는 걸 생각하면 안 되겠네요."

"……역시 히노 양이 만든 쿠키가 나눠주기엔 제일 적합한 것 같아요."

루카와 토비가 푸딩을 포기했다.

할로윈 때 나누어줄 과자를 쿠키로 좁히기로 한 모양이다.

"그래도 일단 지금은 시험 삼아 만든 과자를 먹으면서 비교해보자! 우리들끼리 즐기는 것도 특권 중 하나지."

"그래. 자. 이쪽이 코하쿠가 만든 당근 시폰 케이크야."

히노가 한 말에 맞장구를 친 윤 오빠가 열기가 식은 당근 시폰 케이크를 접시에 담아 건넸다.

"근디 호박 푸딩에 당근 시폰 케이크, 쿠키하고 초콜릿 케이크, 한꺼번에 다 먹을 수는 없을 거 아니여?"

"후후훗, 미소녀가 만든 과자잖아요. 조금씩 소중하게 먹어야만 해요."

그렇게 시식할 준비가 갖춰졌고, 모두의 앞에 만든 과자가 조금씩 놓였다.

"그럼 먹어볼까."

""""잘 먹겠습니다!""""

우리는 바로 과자를 먹기 시작했고, 맛있어서 잘 알아들을 수 없는 소리를 냈다.

"음~! 맛있어!"

"단맛이 부드럽고 딱 좋네요."

"……우리가 만들어서 그런지 더 맛있어요."

"아하핫, 이 쿠키는 너무 딱 붙여서 구웠더니 붙어버렸어."

"아차. 안에 가루 부분이 좀 남았네. 좀 덜 섞었나."

"후후훗, 눈으로 즐기고, 혀로 즐긴다. 좋네요."

모두 함께 감상을 이야기하는 와중에 윤 오빠도 하나씩 맛보며 먹고 있었다.

"어때? 윤 언니."

"──다들 처음 만드는 것치고는 잘 만들었네. 맛있어."

윤 오빠가 미소를 지으며 우리에게 그렇게 대답하자, 우리는 기뻐하며 환호했다.

그 뒤로는 다들 느긋하게 각자가 만든 과자를 시식했고, 다 먹은 뒤에는 소녀의 다과회로 변해갔다.

그런 와중에 리레이가 나와 윤 오빠에게 어떤 질문을

했다.

"후후훗, 뮤우 양하고 윤 씨는 사이가 정말 좋으신데요, 뭔가 비결이 있으신가요? 꼭 가르쳐주셨으면 해요. 여자애들하고 사이좋게 지내기 위해서요."

리레이의 사악한 마음으로 가득 찬 질문을 듣고 코하쿠가 눈을 흘겼지만, 나와 윤 오빠는 서로 얼굴을 마주 보고 사이가 좋다는 말을 되새김질했다.

"다들 사이좋게 지내지?"

"그래. 딱히 특별한 건 없는데."

서로 얼굴을 마주 보며 곤란하다는 듯한 표정을 짓는 나와 윤 오빠.

"나는 둘 다 정말 사이좋은 자매라고 생각해."

"……저는 외동딸이라 좀 부러워요."

히노와 토비도 끼어들자 윤 오빠가 팔짱을 끼고 생각했다.

"뮤우는 정말 응석을 잘 부리니까. 좀 억지스러운 구석도 있지만 결국 넘어가버리거든."

윤 오빠의 대답을 듣고 알겠다며 고개를 끄덕이는 루카와 다른 사람들.

"후후훗, 그럼 뮤우 양이 윤 씨에게 할 말은 없나요?"

이번에는 리레이가 내게 화제를 돌렸기에 내가 대답했다.

"윤 언니는 역시 응석을 부려도 되는 사람 같아. 우리 집은 부모님이 맞벌이를 하셔서 어렸을 때는 좀 쓸쓸했으니까 더더욱 그렇고."

현실 사정 이야기를 잘 하지 않는 내 말을 듣고 좀 놀란 것 같은 루카와 다른 사람들.

"그러니까 이번에 과자를 만든 것도 포함해서…… 지금까지 내 응석을 받아줘서 고마워, 윤 언니."

"뮤우……."

왠지 모두 함께 찡하게 이상한 분위기를 보이기 시작했기에 나는 손뼉을 치며 분위기를 바꾸었다.

"자자! 슬슬 휴식은 끝내자!"

갑작스러운 내 행동에 모두가 깜짝 놀랐지만 신경쓰지 않고 계속 말을 이어나갔다.

"할로윈 때 나누어줄 과자는 쿠키로 정해졌으니 지금부터 잔뜩 만들어야 해!"

내 말을 듣고 쓴웃음을 짓는 루카와 다른 사람들.

그리고 정리가 끝난 뒤 쿠키를 처음 만들었던 히노가 앞장서서 쿠키를 만들기 시작했다.

"히노, 더 할로윈 같은 느낌이 나는 쿠키 틀은 없어? 호박이나 박쥐, 유령 같은 거."

"어~, 그런 틀은 없어."

"그렇구나."

아까는 기본적인 틀만 썼지만 역시 할로윈스러운 모양으로 쿠키를 만들고 싶었는데 틀이 없다고 하니 기운이 빠졌다.

그런 내게 윤 오빠가 말을 걸었다.

"뮤우는 어떤 모양 쿠키 틀을 원하는데? 종이에 좀 그려 볼래?"

"음…… 이런 느낌이려나?"

나는 윤 오빠가 내민 종이에 내가 상상한 디자인을 대충 그렸고, 그것을 받아든 윤 오빠는 턱에 손을 대고 고개를 끄덕였다.

"이 정도면 만들 수 있을 것 같은데. 조금만 기다려줄래?"

윤 오빠는 그렇게 말한 뒤 잠시 자리를 떠나 금속 주괴를 꺼낸 뒤 그 주괴에 손을 내밀었다.

"사실 가열로에서 처음부터 가공하고 싶긴 한데, 이번만 쓸 테니까 상관없겠지──《금속가공》!"

윤 오빠는 [세공] 계열 센스의 생산 스킬을 써서 주괴를 변형시키기 시작했다.

점토처럼 움직이기 시작한 금속 덩어리가 작게 나뉜 다음 길고 가늘게 뻗어나간 뒤 끄트머리가 연결되어 고리가 되었다.

그 고리가 이리저리 파도치며 서서히 변형되기 시작했다.

그리고 빛이 사그라들자 윤 오빠가 그것들을 들고 돌아보았다.

"일단 시간이 없어서 스킬로 만들었는데, 써줄래?"

"윤 언니……."

윤 오빠에게 받은 그것은 내가 그린 할로윈 느낌이 나는 쿠키 틀이었다.

그것을 세 종류, 여섯 개씩 만들어주었다. 또 윤 오빠가 내 응석을 받아주었다.

"고마워."

"신경 쓰지 마. 그건 됐고 실제로 구워봐."

다시 감독하기 시작한 윤 오빠의 지시에 따라 쿠키를 굽기 시작했다. 반죽을 할로윈용 틀로 뜬 뒤 오픈에 넣어서 구우며 쿠키를 만드는 법을 익혀나갔다.

●

윤 오빠에게 쿠키를 만드는 법을 배운 뒤로 로그인해서 시간이 날 때면 조금씩 나누어줄 쿠키를 만들어 포장해나갔다.

그리고 할로윈 당일.

어둑어둑한 저녁에 우리는 할로윈용 가장을 하고 포장된 쿠키가 든 바구니를 들고 있었다.

내 가장은 새하얀 원피스에 은빛으로 반짝이는 고리, 견갑골에는 자그마한 순백의 날개가 달린 천사 코스튬이었다. 역시 나한테는 하얀색이나 은색 의상이지.

루카의 가장은 셔츠와 바지, 망토와 장갑, 조끼를 입은 드라큘라 코스튬이다. 몸매가 예쁘고 키도 큰 루카는 남장여자 의상이 정말 멋지게 어울렸다.

토비의 가장은 하늘색 천에 눈의 결정 무늬가 들어간 전통복 설녀 코스튬이었다. 앞머리로 눈가를 보이지 않게 한 일명 가린 눈 상태의 토비도 귀여웠다.

히노의 가장은 미니스커트 유카타 같은 자시키와라시(집 안에 복을 불러오는 아이 요괴) 코스튬이었다. 씩씩함을 내세운 가 장이라 할로윈에 맞는 건지 의문이 남긴 했지만 본인은 즐 거워 보였다.

코하쿠의 가장은 토비와 마찬가지로 전통복이었지만 여 우귀와 꼬리를 달고 금줄 장식을 한 요호 코스튬이었다. 본 인은 자신의 머리카락 색과 같은 귀와 꼬리를 쓰다듬으며 매우 마음에 들어 하는 것 같았다.

마지막으로 리레이의 가장은 화장으로 눈가에 다크서클 을 만들고 입가에는 핏자국, 약간 너덜너덜한 옷을 입은 좀 비 코스튬이었다. 좀비 흉내를 내면서 미소녀를 끌어안아 도 합법이니까 그런 가장을 했다고 하는데, 합법도 아닌데 다 코하쿠가 노려보고 있다.

할로윈 퍼레이드 가장으로 갈아입고 잔뜩 만든 쿠키는 이 미 포장을 다 해두었다. 퍼레이드에 참가하러 가기 전에——.

"""트릭 오어 트리트!"""

우리는 [아트리엘] 문을 두들긴 다음 가게로 들어갔다.

"뮤우네구나, 어서 와. 자, 모두에게 줄 과자."

윤 오빠가 그렇게 말하며 준비해둔 머핀을 우리들에게 건 넸다.

"이제 곧 할로윈 가장 퍼레이드가 시작될 텐데, 여기에 있

어도 돼?"

윤 오빠는 우리가 여기로 온 것을 보고 소박한 질문을 했다.

"윤 언니를 두고 갈 수는 없지. 그래서 데리러 온 거야. 그리고── 자, 이거."

그렇게 말한 다음 내가 대표로 윤 언니에게 포장한 쿠키를 건넸다.

"내가 처음으로 혼자 만든 쿠키. 윤 언니가 도와주기도 했고, 항상 신세를 지고 있으니까 감사하는 마음이야."

윤 오빠는 내가 건넨 쿠키 포장을 뜯고 안에 들어 있던 쿠키를 꺼냈다.

약간 갈색으로 탄 것 같기도 하지만 그래도 비교적 괜찮은 걸 윤 오빠에게 주려고 고른 것이다.

그리고 윤 오빠가 말없이 쿠키를 입에 넣은 다음──.

"응. 버터가 들어가서 맛있네. 고마워."

"다행이다아."

사실 주기 전까지 좀 긴장하고 있었다. 지금까지 요리를 하면 실패만 했기 때문이다. 그래서 이번에는 가상현실 세계이긴 하지만 성공해서 다행이라 생각했다.

"그럼 윤 언니도 가장 퍼레이드에 참가하러 가자!"

"퍼레이드라고 해도 입을 의상이 없는데."

"그럴 줄 알고 내가 준비했지. 자, 이걸 입고 가자! 시작되기까지 시간이 얼마 안 남았어!"

"정말…… 알았어."

윤 오빠는 쓴웃음을 지으며 종이봉투에 들어 있는 의상을 받아든 뒤 가게 안으로 들어갔다.

그리고──.

"뮤우! 이게 뭐야!"

옷을 갈아입고 나온 윤 오빠의 모습은 하늘하늘한 천을 몸에 두르고 머리에 금빛 서클릿을 쓴 모습이었다.

그 의상은 고대 로마의 대표적인 의상인 토가를 기반으로 만든 여신 코스튬이었다.

"윤 언니, 예뻐!"

"시끄러워!"

우리가 그렇게 이야기를 주고받는 한편, 토비와 히노는 여신 코스튬의 아름다움에 압도되었고, 루카와 코하쿠가 냉정하게 분석하고 있었다.

"루카토. 이 경우엔 윤 씨는 그리스 신화의 어떤 여신인 거여?"

"그래요. 윤 씨는 활을 쓰시니 사냥의 여신인 아르테미스 아닐까요?"

"아~, 아르테미스면 처녀신이나 사냥의 신, 대지모신이라는 측면이 있던가?"

"그렇구나, 그럼 윤 언니, 진짜 대지모신!"

내가 그렇게 말하며 칭찬하자 또 보모 쪽 소재가 늘어났다며 오빠가 머리를 감싸고 있었다.

그리고 평소에는 매우 기뻐할 법한 리레이가 조용했기에 수상쩍은 느낌이 들어 그쪽을 돌아보니——.

"……헉?! 너무 신성해서 순간적으로 승천할 뻔했네요."

"아~, 번뇌가 정화된 모양인디."

그런 느낌으로 [아트리엘] 가게 앞에서 떠들고 있자니 멀리서 할로윈 가장 퍼레이드가 시작되기 직전이라는 것을 알리는 불꽃놀이가 시작되었다.

"앗! 벌써 시간이 다 되었어! 언니! 가자!"

"……에휴, 정말 어쩔 수 없지."

그렇게 말하며 내민 내 손을 잡고 함께 가장 퍼레이드가 진행될 큰길로 향했다.

사이좋게 손을 잡은 우리는 할로윈의 밤으로 즐겁게 걸어가기 시작했다.

16화 악마 미궁과 백은의 여신

강철처럼 단단하고 붉은 피부로 덮여 있는데다 몸 곳곳에는 안에 박혀 있는 것처럼 돋아나 있는 진홍의 오브, 머리에는 비틀린 뿔, 눈은 까맣고 근육이 우락부락한 악마가 떡 버티고 서 있다.

『나를 쓰러뜨리지 않으면 미궁을 지배할 수 없을 것이다!』

"큭, 루카!"

"네!"

키보다 더 큰 바스타드 소드를 다시 겨누고 눈앞에 있는 붉은 피부에 보주가 막혀 있는 악마—— 블러드 오브 데몬이 나와 루카 앞을 가로막았다.

"밀어붙여서라도 지나가야겠어!"

『그렇다면, 와라! 인간!』

그렇게 말하고 주먹을 겨누는 블러드 오브 데몬에게 나와 루카가 동시에 덤벼들었다.

하지만 우리의 참격을 우리의 키보다 큰 대검을 마치 나뭇가지 휘두르는 것처럼 움직여 튕겨냈고, 얻어맞은 충격이 대미지로 쌓이기 시작했다.

시간이 다가오는 와중에 나는 억지로라도 끝내기 위해 앞으로 나섰다.

"뮤우 양?!"

"엇……."

발바닥을 스치며 움직여 오히려 거리를 좁힌 블러드 오브 데몬의 몸을 올려다보고, 그 MOB이 휘두른 대검을 바라보고 있었다.

회피도, 방어도 제때 할 수 없는 일격. 소생수단인 [소생약]을 다 쓴 우리들은 죽어서 도망가는 것을 각오하며 다가오는 대검을 바라보고 있었다.

●

어느 날 업데이트로 OSO에 새로운 던전이 추가되었다.

이름하여 [판데모니움 미궁]. 그 던전은 광산 던전의 일부를 새롭게 확장하여 안쪽에 만든 넓은 단층 던전이다.

제3마을 근처에 존재하는 광산 던전은 여러 에리어와 다양한 적 MOB이 있는 계층으로 이어지는 이른바 통로 같은 던전이다.

사람들이 많이 지나다니는 던전 안에 새로운 던전 구획이 나타나자 많은 플레이어들이 도전했고, 우리도 마찬가지로 도전했는데──.

"또 졌어어어어어!"

나는 큰 소리를 지르며 카운터에 엎드리는 듯이 쓰러졌다.

그 모습을 보고 함께 있던 루카 일행은 지친 듯한 표정으로 쓴웃음을 짓고 있었다.

"그렇다고 [아트리엘]에 올 필요는 없잖아? 자, 이거라도 마시고 진정해."

그렇게 말하며 데스 페널티를 받은 우리에게 차를 대접해 주는 윤 오빠.

"그래서, 이번에 죽어서 돌아온 원인은 뭐야?"

"또 블러드 오브 데몬에게 졌어! 그것도 근접전투를 벌여서 졌어!"

나는 그렇게 말한 다음 윤 오빠에게 이번에 죽어서 돌아오게 된 원인을 말했다.

"그 뒤에 저도 마지막까지 남긴 했지만 결국 밀려서 져버렸어요."

항상 등을 쭉 펴고 있던 루카도 지금은 어깨를 늘어뜨린 채 몸을 웅크리고 있었기에 평소보다 작아 보였다.

근접 타격전에서 밀려서 진 히노, 기척을 없애고 뒤에서 기습하려다 카운터를 맞은 토비, 화력 승부에서 밀려서 진 리레이, 마법 속사승부에서 진 코하쿠, 그렇게 각자 블러드 오브 데몬을 당해내지 못해 의기소침한 상태였다.

"아~, 저기, 뭐라고 해야 하지? 일단 물러나서 냉정해질 필요도 있으니 다른 퀘스트라도 받지 그래?"

항상 밝은 분위기인 우리 파티도 이번만큼은 기운이 없기에 윤 오빠도 당황했다.

"그렇지. 그래도 역시 제일 먼저 공략하고 싶잖아!"

나는 그렇게 말하며 기운을 냈다.

[판데모니움 미궁]이 업데이트되고 나서 지금까지 던전을 공략한 사람은 아무도 없다.

많은 플레이어들이 던전의 보스인 블러드 오브 데몬을 쓰러뜨리지 못하고, 보스를 돌파하지 못하고 계속 죽어서 돌아오기를 거듭하고 있었다.

"뮤우네 파티는 이번이 몇 번째 도전이야?"

"우리는 네 번째. 그럴 때마다 포션하고 윤 언니에게 산 [소생약]을 써서 완전 적자야."

어흐흑, 그렇게 중얼거린 나.

"그런데 [소생약]을 쓸 정도로 클리어할 가치가 있는 거야?"

"클리어 보수는 뭔지 모르겠지만, 던전 입구에 있는 석비에 클리어한 파티의 이름이 새겨지는 모양이니까 1등으로 새기고 싶어."

그렇다. 우리가 그 [판데모니움 미궁]을 고집하는 이유는 그것이다.

클리어한 플레이어는 던전 입구에 있는 석비에 클리어한 파티 이름이 새겨지는 영예를 받게 된다. 역시 이왕 노릴 거라면 1등이다.

"으~, 아~! 어떻게 하면 클리어할 수 있는 거야!"

내가 큰 소리를 지르며 머리를 감싸자, 윤 오빠가 조용히 말했다.

"쓰러뜨릴 수 없는 보스를 내놓지는 않을 거 아냐? 무슨 독특한 요소가 있는 거 아니야?"

"역시 그쪽 계열 보스겠지."

척 보기에도 보스가 너무 강하다. 던전에 어떤 독특한 요소가 있을 것이다.

우선 그런 방향으로 다시 조사해볼 필요가 있을 것 같다.

"일단 보스를 공략하는 게 아니라 던전을 처음부터 조사해볼래. 조언해줘서 고마워, 윤 언니. 슬슬 데스 페널티가 해제될 시간이니 갈게."

"그리고 차를 내주셔서 감사합니다."

루카가 대표로 고개를 꾸벅 숙이자 히노와 토비, 코하쿠, 리레이도 마찬가지로 살짝 고개를 숙여 인사했다.

그리고 다시 죽어서 돌아온 [판데모니움 미궁]으로 향했다.

●

제3마을 근처에 있는 광산 던전 제3계층에 추가된 던전 입구에는 여러 파티가 기다리고 있었고, 먼저 들어간 파티와 섞이지 않게끔 조금 시간을 두고 들어갔다.

던전 입구에 놓인 까만 광택이 나는 석비를 힐끔 보았는데, 아직 글자가 새겨지지 않았기에 보스를 클리어한 사람이 아직 나오지 않았다는 사실에 안심했다.

"뮤우 양, 가죠."

"아, 응. 그렇지!"

중간에 루카가 불러서 정신을 차리고 우리 차례가 되어 던전에 들어갔다.

광산 던전의 투박한 갱도에서 매끈매끈한 대리석 건물 안으로 들어갔다.

마치 지하유적이나 지반 침하로 인해 건물이 통째로 가라앉은 것 같은 던전 안을 걸어가다 보니 통로에 이제 막 리젠된 악마 계열 MOB인 임프와 레서 데몬, 이블 아이들이 도사리고 있었다.

"정말, 이 MOB들은 계층 레벨에 맞는 수준인데 왜 그 보스만 강한 거지?"

히노는 순수하게 궁금해하며 통로에서 큰 망치를 휘둘러 벽과 바닥 사이에 악마 계열 부하 MOB들을 짓뭉갰다.

"후후훗, 그렇죠. 어떤 약체화 요소가 있다고 생각하는 게 맞을 거예요."

"그라제. 토우토비는 뭔가 그런 식으로 느껴지는 거 없는감?"

리레이의 추측. 그리고 코하쿠가 [간파] 센스를 지니고 있는 토비에게 물었지만 그녀는 고개를 저었다.

"……죄송합니다. 아직 아무것도 모르겠어요. 그리고 전방에 함정이 있어요."

미안하다고 하면서도 척후로서 맡은 역할을 확실하게 해내고 있는 토비.

그리고 잠시 후 던전 중심부에 있는 보스 방에 도착할 수 있었다.

"역시 여긴 사람이 많구나."

"뭐, 입구에서 보스 방까지 거의 직행 루트니까요."

루카가 말한 것처럼 보스 방까지 오는 루트는 일직선. 그리고 이곳의 보스는 약간 특수해서 보스 방에 한 번 들어가면 안에 있는 보스를 쓰러뜨리거나 파티가 전멸하지 않으면 나올 수 없다.

그리고 지금, 보스 방의 큰 문이 열리고 안으로 파티가 들어갔지만, 잠시 후 플레이어들이 나오지 않고 다시 커다란 문이 저절로 열렸다.

"역시 어떤 파티도 블러드 오브 데몬을 쓰러뜨리지 못한 모양이네."

나는 그렇게 중얼거리면서 던전의 보스 방 앞에서 오른쪽 통로로 빠져 던전 안을 탐색하기 시작했다.

입구와 보스 방이 꽤 가깝기 때문에 직접 보스 방으로 향하는 플레이어가 많아서 던전 내부를 탐색하는 사람이 별로 없었다.

그리고 통로에서 옆으로 빠지면 부하 MOB이 모여 있는 방이 나오고, 리젠 간격이 짧기 때문에 던전 안에서 적 MOB을 찾아 돌아다니지 않아도 기다리다 보면 드롭 아이템을 모을 수 있다.

그런 이유 때문에 그런 곳 말고는 탐색이 충분히 이루어지지 않았다.

"하지만 그런 미탐색 던전의 친구를 윤 언니에게 빌려왔습니다!"

짠, 그렇게 입으로 효과음을 내며 꺼낸 것은 종이 한 장과 펜이었다.

"그러니까 이걸 써서 맵핑을 하자!"

"뮤우, 방식이 구닥다리야~."

히노가 태클을 걸었지만, 의외로 효과적이기도 하다.

자신의 감각에 의존하는 것보다 정확도가 높은 지도를 만들 수 있다. 무엇보다 윤 오빠 같은 사람은 이런 구닥다리 방식과 [하늘의 눈], [간파] 센스를 조합해서 정확한 지도를 만들어내고, 그 지도를 복제한 일부 상위 플레이어들은 효율적인 사냥터나 초보 육성 루트 같은 독자적인 정보를 올리기도 한다.

"……제가 맵핑할 수 있어요. [간파] 센스도 있고, 윤 씨께서 맵핑하는 방식을 한 번 본 적이 있으니까요."

"그래? 그럼 토비, 부탁할게."

나는 토비에게 모눈종이를 건넸고, 그녀는 바로 지금까지 지나온 루트와 지금 보이는 범위를 지도에 손으로 그리기 시작했다.

토비는 가끔 통로의 확을 확인하기 위해 자신의 보폭으로 대충 넓이를 잰 뒤 꼼꼼하게 입구에서 지금 있는 위치까지의 지도를 그려나갔다.

"……지금은, 이런 느낌이에요."

"일단 지도를 채우는 게 어떤감? 이 지도만 보믄 독특한 요소나 숨겨진 방을 찾는데 참고가 안 되니께."

코하쿠의 의견에 따라 우리는 바로 던전 벽 오른쪽을 따라 나아갔다.

그렇게 함으로써 던전 바깥쪽의 윤곽을 확실하게 알 수 있었고, 던전 전체의 크기를 대충 알 수 있었다.

그리고 한 시간 이상 걸려 던전 가장자리를 걸어 다닌 결과, 던전 가장자리는 한 변이 1킬로미터인 정방형 공간에 미궁이 들어 있는 형태라는 것을 알게 되었다.

"후후훗, 가장자리를 걸어 다니기만 했는데 피곤하네요. 그리고 아무것도 없고요."

"으으, 그건 나도 아니까 달라붙지 마~."

휴식할 겸 던전 입구까지 한 바퀴 돌아온 우리들.

리레이는 히노를 뒤에서 껴안는 듯이 붙잡고 히노가 도망치려 해도 꽉 붙들고 있어서 도망치지 못한 히노는 잠시 후 포기하고 늘어져 있었다.

그리고 나와 루카, 토비, 코하쿠, 넷이서 바깥쪽 윤곽만 완성된 던전 지도를 확인했다.

"다음에는 조금씩 지도의 빈 곳을 채워 나가볼까."

"그래요. 입구를 아래쪽이라고 생각하고 오른쪽 아래부터 조금씩 채워나가면 될 것 같네요."

내 제안에 루카가 맞장구를 쳐줬고, 휴식을 마친 뒤 다시 던전으로 들어갔다.

좀 전에는 그저 바깥쪽을 걸어 다녔지만, 이번에는 통로 하나하나를 조사하고 지도를 완성시켜나가는 과정이었기에 던전 4분의 1을 조사하는데 가장자리를 돈 것과 비슷한 시간이 지나갔다.

그러던 동안 보물상자와 숨겨진 방 같은 것을 발견했지만, 그곳에서 얻은 아이템은 약간 질이 좋은 정도에 불과했고, 던전의 보스 MOB에게 효과적인 아이템도 아니었기 때문에 약간 풀죽었다.

그리고——.

"……어라? 이상하네요."

"어? 토비, 왜 그래?"

"……던전의 지도가 안 맞아요."

마침 우리가 있는 곳은 던전의 가장 바깥쪽에 있는 통로와 오른쪽 아래에 있는 통로가 교차하는 지점 앞이었다.

토비가 걸어갈 때 보폭을 맞춰서 거리를 정확하게 그린 지도에는 척 보기에도 지금 걸어온 통로가 던전 바깥쪽 범위를 벗어난 상황이었다.

"계측 실수……는 아닌 것 같네. 그렇다면 공간이 비틀려 있는 건가?"

히노가 고개를 갸웃거리면서 묻다가 금방 토비의 안색을 확인하고 다른 생각을 말했다.

보통은 공간이 비틀려 있다는 생각이 떠오르진 않겠지만, 이것은 VR 게임이다. 어떤 경계선에 다른 에리어가 연결되어 있을 가능성도 있다.

"후후훗, 토비 양. 던전하고 거리가 어느 정도 안 맞는 건가요?"

"……대충, 큰 방하고 비슷한 거리가 지도에서 삐져나왔어요."

그렇게 말하며 지도를 모두가 볼 수 있게 들어 올린 토비. 우리가 중간까지 그린 지도를 들여다보고 지금까지 지나온 통로를 반대로 따라가 보니 어떤 큰 방에 도달했다.

가로세로 통로가 직각으로 교차하는 지점에 존재하며 딱히 특징이 없는 줄 알았던 큰 방. 하지만 아무것도 없다는 것이 오히려 수상했다.

"여기가 수상하네."

"아무것도 없었던 곳 아니여? 뭐가 있당가?"

공간이 비틀린 곳에 해당되는 큰 방. 분명 우리가 미처 못 본 것이 있는 게 분명하다.

"일단 돌아가서 확인해보자!"

지나왔던 길을 다시 돌아가서 수상하다고 생각했던 큰 방을 확인해보았다.

그리고——.

"어라? 막다른 길이네. 그리고 이런 방이 아니었지?"

"방과 방의 경계선이 좀 부자연스럽긴 하네요."

우리가 지나온 통로를 돌아가 수상하게 여겼던 큰 방이 있는 곳으로 돌아와 보니 막다른 길 큰방으로 바뀌어 있었고, 방의 분위기도 꽤 달랐다.

방 가운데에는 붉은 오브가 떠 있었고, 수상쩍게 빛나고 있었다.

"……던전 안에 공간이 비틀린 큰 방. 세이프티 에리어일까요?"

"그런 것 치고는 분위기가 꽤나 무시무시한데."

토비와 코하쿠가 그렇게 추리하는 와중에 나는 큰 방의 벽과 바닥을 조사해 보았는데, 척 보기에도 바닥의 색이 달랐기에 좀 전에 보았던 곳과는 다른 방이라고 판단했다.

"아까 왔던 곳과 다른 큰 방. 어떻게 된 거지?"

"저기, 뮤우. 그건 같은 곳에 큰 방이 두 개 있다는 거지? 내가 생각하기에는 특정한 방식으로 들어오면 도착할 수 있는 곳인 것 같은데?"

통로 네 곳으로 이어져 있는 큰 방이었는데, 우리가 들어온 쪽 통로에서 오는 것이 조건인지, 정해진 순서대로 입구를 통과해야 들어올 수 있는지 잘 모르겠지만 히노가 그렇게 자신의 생각에 대해 말했다.

"후후훗, 그럼 이 방에서 나간 다음에 다른 통로에서 들어오는 방식을 조사해볼까요? 몇 명이 여기 남아서 실제로 원래 있던 큰 방에 도착하면 이곳은 고립된 공간이라는 결론이 나오겠죠."

리레이의 검증 방식에 찬성하고 바로 탐색하기 위해 토비와 히노, 리레이가 다른 통로에서 이 곳에 있을 큰 방을 확인하기 위해 나갔다.

그동안 우리는 큰 방 안을 조사해보았지만 아무것도 발견하지 못했고, 방 가운데에 놓여 있는 오브를 바라보고 있었다.

"저기, 이거 만지면 안 될까?"

"조사는 모두 함께 있을 때 하죠."

"말은 그렇게 해도 뮤우는 기세를 못 이기고 만질 것 같으니까 반경 5미터 이내로 다가가지 말어."

코하쿠가 못 믿겠다는 듯이 말하자 나는 볼을 부풀리며 따졌지만 무시당했고, 토비 일행의 연락을 기다리다 보니 잠시 후 토비가 프렌드 통신을 보냈다.

『……알 수 있는 범위 내에서 조사했어요. 다른 입구로 들어가면 처음 봤던 아무것도 없는 큰 방이에요. 아까 그 통로로 들어가는 게 조건인 것 같아요.』

"결론이 나왔구나. 그럼 바로 돌아와서 오브를 조사하자!"

나는 토비의 프렌드 통신 너머로 말을 걸고 나서 돌아오기를 기다렸다.

"토비, 히노, 리레이. 고생했어."

"……아뇨, 통로를 조사하다 보니 [간파]하고 [함정해제] 센스 레벨이 올랐으니 괜찮아요."

토비는 그렇게 말하고 통로를 탐색할 겸 이 근처를 그린 지도를 나와 루카에게 내밀고 큰 방을 검증하기 위해 돌아다닌 루트 같은 것을 하나하나 우리에게 설명하며 가르쳐주었다.

"……결론, 우리가 들어온 쪽 통로에서 이 큰 방이 있는 곳으로 오면 이 방—— 편의상 [오브의 방]이라고 할게요. 이곳으로 오게 되는 모양이네요."

"그렇구나. 역시 숨겨진 방이었구나. 그리고 이 루트."

던전을 탐색할 때 어떤 루트를 지나더라도 거리가 짧거나 MOB과 전투를 벌이곤 하는 통로, 그리고 근처에 보물상자가 나오는 포인트가 여러 곳 있어서 그곳을 의도적으로 지나오는 사람은 별로 없을 것이다.

"뭐, 여기로 오는 방법을 알아냈으니 오브를 조사해볼까?"

지금까지는 척 보기에도 수상했기 때문에 손을 대지 않았지만, 대충 방의 검증을 끝낸 뒤에 겨우 수상하게 빛나는 붉은 오브를 조사할 수 있게 되었다.

나는 모두가 지켜보는 와중에 붉은 오브를 만졌다.

그러자 붉은 오브의 빛이 사라졌고, 모두의 메뉴에 알림이 떴다.

——[혈악마공의 보옥C]를 일시적으로 제어하게 되었습니다. 지금부터 5분 동안 [혈악마공·블러드 오브 데몬]의 스테이터스가 한 단계 저하됩니다. 또한 [혈악마공의 보옥C]를 탈환하기 위해 악마들이 습격합니다.

그 알림이 뜬 것과 동시에 방의 네 모퉁이 틈새에서 그림자가 새어 나오는 듯이 나타났고, 이 던전에 나오는 적 MOB들이 차례차례 모여들었다.

"적이 오는구나! 하앗!"

나는 곧바로 오브에서 손을 떼고 한 손 검을 뽑아 나타난 MOB을 차례차례 베어서 쓰러뜨렸다.

잠시 후, MOB이 나타나던 것이 멈추고——.

——[혈악마공의 보옥C] 제어가 연장되었습니다. 추가로 5분 동안 [혈악마공·블러드 오브 데몬]의 스테이터스 저하가 계속됩니다. 또한 [혈악마공의 보옥C]를 탈환하기 위해 악마들이 습격합니다.

"뮤우! 또 나왔어! 여긴 끝없이 나오나 봐! 일단 철수하자!"

"제가 뒤를 맡을게요! 여러분은 일단 방에서 나가주세요!"

루카가 후방을 맡고 코하쿠와 리레이가 후위에서 원호사격을 하며 서서히 후퇴했다.

그리고 모두가 방의 유일한 입구에 도착하자 쏟아져 나오던 악마 MOB들이 우리들을 노리다가 붉은 오브로 다가간 뒤 둘러싸고 말았다.

——[혈악마공의 보옥C]를 빼앗겼습니다. 그로 인해 [혈악마공·블러드 오브 데몬]의 저하되었던 스테이터스가 원래대로 돌아옵니다.

"······이건."

"후후훗, 틀림없네요."

토비가 침을 꿀꺽 삼켰고, 리레이가 미소를 지으며 고개를 끄덕였다.

그 알림을 보고 우리는 서로 얼굴을 마주 보았고, 내가 입을 열었다.

"겨우 찾았다! 약하게 만드는 요소!"

특정한 행동이나 조건을 만족시킴으로써 적의 스테이터스를 저하시키거나 특수기를 봉인할 수 있는 요소.

던전의 보스인 블러드 오브 데몬은 우리 그 붉은 오브에 접촉하고 있는 동안 스테이터스가 저하되는 모양이었다.

"오브C라는 걸 보니 적어도 A와 B를 합쳐서 세 개는 있다는 거죠."

루카가 한 말대로 이것과 비슷한 것이 여러 개 있다면, 여러 번 약하게 만들어서 보스인 [블러드 오브 데몬]을 쓰러뜨릴 수 있을지도 모른다.

하지만 우리가 오브에 접촉하고 나서 아무리 빨리 보스 방으로 간다 해도 그 전에 오브를 빼앗기게 되어버린다.

그리고 만약 적 MOB이 나오지 않는다 해도 여기에서 보스 방까지 가는데 3분은 걸릴 것이다.

그런 상황에서 다른 오브가 있는 곳으로 가서 약하게 만든다 해도 보스 방에 도착하기 전에 약해지는 효과가 풀려버린다.

"저기, 그럼 어떻게 하지?"

지금까지 알아낸 정보만으로는 보스와 싸우기 힘들기도 하고, 무엇보다 이게 약하게 만드는 요소의 전부는 아닐 것이다.

그래서 모두가 내린 답은 우선 조사할 수 있는 만큼 조사해보는 것이었다.

●

보스인 블러드 오브 데몬을 쓰러뜨리지 못하자 플레이어들 사이에서 던전에 대한 어그로가 서서히 쌓이기 시작했고, 그와 더불어 던전 보스에 도전하는 사람들이 줄어들었으며 아직 던전을 클리어한 플레이어가 나오지 않은 상황에서 우리는 어떤 숨겨진 방에 있었다.

"토비, 이제 던전 지도는 완성된 거야?"

"……네. 완성되었어요. 그리고 이곳이 마지막 숨겨진 방이에요."

급할수록 돌아가라, 던전 보스를 조금이라도 빨리 쓰러뜨리고 싶다는 마음이 있긴 하지만 그러기 위해 던전의 맵핑과 약하게 만드는 요소의 검증을 사흘에 걸쳐 진행했다.

붉은 오브를 검증하는 나, 루카, 코하쿠. 그리고 던전 맵핑을 진행하는 토비, 히노, 리레이. 이렇게 두 그룹으로 나뉘어 활동했다.

그 결과 던전 안에 비슷한 요소를 지닌 숨겨진 방이 전부 합쳐 네 개가 있다는 것을 알아냈고, 그 거리가 보스 방까지 가장 짧은 곳은 3분, 가장 긴 곳은 5분이나 걸리는 위치에 있었다.

또한 약하게 만드는 요소는 하나를 발동시킬 때마다 스테이터스를 한 단계 저하시킬 수 있지만, 새로 발동시킨다 해도 시간이 연장되지는 않는다.

그리고 개별적으로 오브에 접촉해서 약하게 만든 뒤 5분이 지나면 다시 추가로 5분 동안 연장할 수 있다.

하지만 연장할 때마다 쏟아져 나오는 적 MOB이 한 단계씩 강화된다.

MOB은 약하게 만드는 요소를 발동시킬 때, 그리고 그것을 연장할 때만 쏟아져 나오기 때문에 일단 모든 MOB을 쓰러뜨리고 나서 보스 방으로 뛰어가면 짧은 시간이나마 확실하게 약하게 만든 채로 싸울 수가 있다.

우리는 그런 것들을 염두에 두고 이 숨겨진 방 중 한 곳에서 던전 보스인 블러드 오브 데몬을 쓰러뜨릴 작전을 세우고 있었다.

"어떻게 하면 약하게 만든 채로 보스와 싸울 시간을 확보할 수 있을까?"

"어떤 루트를 지나가더라도 전부 돌 때쯤이면 첫 번째 효과가 끝나버리죠."

루카가 내가 말한 작전의 허점을 이야기했다.

그런 다음 히노가 몇 군데만 발동시키자는 아이디어를 냈지만, 확보할 수 있는 전투 시간이 너무 짧다며 코하쿠가 반대했고, 그 뒤를 이어 토비도 아이디어를 제안하며 끼어들었지만 마찬가지였다.

"후후훗, 이제 슬슬 현실을 보시죠?"

"""…………."""

입을 다문 나와 히노, 그리고 루카.

"어떻게 하더라도 시간적으로, 물리적으로 공략할 수가 없죠. 그러니 파티 중 누군가가 계속 약해지는 요소를 기동시켜야만 해요."

"그래도! 모두 함께 공략할 수가 없잖아!"

사실에 대해 말한 리레이에게 내가 따졌다.

하지만 리레이는 한 발짝도 물러서지 않고 나를 똑바로 바라보며 미소를 지었다.

"후후훗, 미소녀 파티 멤버와 헤어지면 힘들긴 하죠. 하지만, 목적을 잊어선 안 돼요."

"……리레이."

리레이가 한 말을 듣고 깜빡할 뻔한 사실이 생각났다. 우리의 목적은 이 던전 보스를 제일 먼저 클리어해서 던전 입구의 석비에 이름을 새기는 것이다.

"멀리 떨어져 있어도 우리는 파티예요. 뿔뿔이 흩어지게 되더라도 각자 맡은 역할을 다해 이기도록 하죠. 그리고 다음에 도전할 때는 약하게 만들지 않은 채 모두 함께 싸워서 이기면 돼요."

리레이가 한 말을 듣고 우리는 일단 흩어지는 것에 대해 납득했다.

"그라믄 정해진 거제? 약하게 만드는 요소는 전부 합쳐서 네 곳이여. 누가 갈 건감? 참고로 내는 약하게 만드는 역할을 맡을까 하는디."

납득한 다음 모두에게 물어보는 코하쿠.

"……그럼 저도 약하게 만드는 걸 유지하는 쪽을 맡을게요."

그렇게 말하며 살짝 손을 드는 토비.

"……저는 원래 솔로로 다녔고, 척후 포지션이라 소수로 도전하는 보스전에서는 화력이 부족할 것 같아요."

"후후훗, 화력만 따지면 제가 가야겠지만, 저도 약하게 만드는 걸 유지하는 쪽을 맡도록 할게요. 여러 번 진 보스니까 안정성이 필요하겠죠."

세 사람이 그렇게 말하고 약하게 만드는 걸 유지하는 쪽을 맡게 되었으니 나머지 한 군데를 맡게 될 사람은 나와 루카, 히노 중 누군가다. 셋이서 서로 번갈아가며 눈을 맞췄다.

"저기, 어떻게 할까?"

"어떻게 하냐고 해도…… 안정성이 뛰어난 두 사람이 보스에게 도전하고 나머지 한 사람이 약하게 만드는 것을 유지하는 역할을 맡아야겠지만요……."

한 손 검을 다루고 광속성과 회복마법 등, 여러 능력을 지니고 있어 전위, 후위를 맡을 수 있는 나.

바스타드 소드를 다루며 공격과 방어 모두 안정성이 뛰어나고 균형이 잡혀 있는 루카.

장창과 큰 망치 같은 여러 가지 종류의 무기를 상황에 따라 골라가며 사용하고, ATK 스테이터스가 높은 히노.

우리 세 명 중 두 사람이 도전하게 되었는데, 어떤 조합도 나쁘진 않다.

그리고 약하게 만드는 효과를 연장시킬 때마다 나타나는 MOB이 강해지기 때문에 실질적으로 시간제한이 있는 거나 마찬가지다.

그 사실을 고려하니 조금이라도 빠르게 결판을 낼 수 있는 루카와 히노의 조합이 낫겠다고 생각하는 와중에──.

"내가 약하게 만드는 쪽을 맡을게."

그런 와중에 히노가 그쪽을 맡겠다며 손을 들었다.

"히노, 그래도 돼?"

"응. 회복마법을 가지고 있는 뮤우나 나보다 방어 능력이 좋은 루카가 도전하는 게 더 안정성이 뛰어날 테니까."

히노는 그렇게 말하고 나서 나와 루카에게 웃었다.

"그러니까 뮤우하고 루카는 보스를 잡아줘."

나와 루카에게 이 던전 클리어를 맡긴 히노.

토비와 코하쿠, 리레이도 고개를 끄덕였다.

역할이 정해진 다음에는 자세한 작전, 각자의 움직임과

프렌드 통신으로 원거리에서 이야기를 주고받는 방식 등을 꼼꼼하게 정해나갔다.

던전의 보스를 가장 먼저 쓰러뜨리고 이름을 새긴다. 그러기 위해 필요한 시간을 쓰기 시작했다.

●

움직임을 맞춰보고 예상되는 문제가 발생했을 때 각자가 어떻게 움직일지 확인한 다음, 히노와 토비, 코하쿠, 리레이, 그렇게 네 사람을 던전에 있는 오브의 방에 각각 보내고 나서 루카와 둘이서 보스 방 앞에 나란히 섰다.

그때 마찬가지로 서 있던 플레이어들이 소수로 도전하는 모습을 보고 이상하다는 듯이 바라보았지만, 아랑곳하지 않고 우리 차례가 되기를 기다렸다.

"…………."

"…………."

나도 그렇고 루카도 긴장해서 말수가 줄어드는 와중에 둘 다 그 긴장을 견딜 수가 없어서 함께 웃음을 터뜨렸다.

"풉, 크크큭…… 왜 이렇게 긴장한 거지? 아~, 웃기네."

"푸풉…… 저도 지금까지 몇 번이나 도전했다가 졌는데, 새삼스럽다는 생각이 드네요."

둘 다 웃음소리를 억누르다가 잠시 후 차분해졌다.

"그렇지. 몇 번이나 졌으니까 새삼스럽게 긴장할 필요는 없지. 그리고——."

차분해진 루카에게 나는 미소를 지으며 말을 꺼냈다.

"——계속 졌기 때문에 이번 도전으로 이어낼 수 있었어."

"이번 도전 말인가요?"

루카가 의아하다는 듯이 고개를 갸웃거렸다.

"우리 파티는 질 때마다 요령을 생각하고 개선해서 보스에게 계속 도전했지."

"그렇죠."

"그럴 때마다 공략 사이트에 올라오지 않은 생생한 정보가 우리 안에 계속 쌓였던 거야."

나는 내 가슴에 살짝 손을 대고 눈을 감은 뒤 내 안에 있는 경험을 떠올렸다.

그 패배의 경험은 레벨로는 파악할 수 없는 플레이어 스킬이 되었고, 우리를 배신하지 않는다.

그리고 눈을 뜬 뒤 루카를 똑바로 바라보았다.

"그리고 루카하고 다른 사람들이 협력해주었으니까 보스를 약하게 만드는 공략법의 가능성을 찾아낼 수 있었어."

지금까지 도전과 패배를 거듭하고 계속 생각했기 때문에 이번 도전으로 이어낼 수 있었다.

"그러니까 이번에야말로 이기자. 루카."

"네, 이기죠. 뮤우 양."

둘 다 긴장해서 딱딱하게 굳어 있었는데, 웃으니깐 딱 좋게 힘이 빠졌고 의욕이 넘쳐났다.

"여러분, 준비되셨나요?"

『우리는 언제든지 준비 오케이야!』

프렌드 통신에서 히노의 목소리가 들린 뒤 다른 세 사람의 목소리가 들렸다.

광역 연락용으로 띄운 프렌드 통신 회선으로 항상 히노와 다른 사람에게 우리쪽 정보가 전달되게끔 해두었다.

"좋았어, 우리 차례다. 가자!"

"네. 가요!"

마침 우리 차례가 왔고 던전 보스 방의 문이 저절로 열리자 나와 루카가 그 안으로 들어갔다.

우리가 들어가자 보스 방의 문이 닫혔고, 보스 방 안쪽에 보스, [혈악마공ㆍ블러드 오브 데몬]이 대검을 던전 바닥에 꽂은 채 기다리고 있었다.

"그럼 부탁할게요."

루카가 신호를 보내는 것과 동시에 히노와 다른 사람들이 숨겨진 방의 오브에 접촉했는지 보스가 약해졌다는 알림이 떴다. 그리고 블러드 오브 데몬의 양쪽 손등과 양쪽 무릎에 각각 박혀 있던 붉은 보옥의 빛이 사라지기 시작했다.

"곧바로 시험 삼아 선제공격! ──《솔 레이》!"

내 공격이 보스와 전투를 벌이는 신호가 되었고, 보스가 대검을 뽑아 한 손으로 겨누었다.

그러던 동안 내 손바닥에서 날아간 수렴광선이 블러드 오브 데몬의 얼굴에 맞았다.

"좋아, 공격마법의 대미지가 잘 들어가네! MIND 스테이터스가 떨어졌어!"

"이번엔 제가 앞으로 나갈게요!"

루카가 바스타드 소드를 허리 쪽으로 돌린 자세를 취하며 단숨에 블러드 오브 데몬에게 뛰어가 쳐올리는 듯한 참격을 날렸다.

그러자 상대방도 자잘한 기술을 날리는 듯이 대검을 휘둘렀고, 양쪽에서 날린 검이 부딪혀서 튕겨져나갔다.

"하앗! 아직 멀었어요!"

루카는 튕겨져 나간 기세와 바스타드 소드의 무게를 합쳐서 몸을 회전시키며 두 번째 공격을 날렸다.

그리고 그 공격을 미처 받아치지 못한 블러드 오브 데몬의 허벅지를 벨 수 있었다.

『그오오오오오오오──.』

블러드 오브 데몬이 괴로워하며 대검을 휘둘렀지만, 그전에 루카가 비스듬하게 겨눈 바스타드 소드로 흘렸다.

"참격도 가볍고 받아치는 속도도 느리네요! 무엇보다 쉽사리 벨 수가 있어요!"

"하지만 HP만은 똑같으니까 장기전을 벌이게 될 거야! 루카, HP를 팍팍 깎아내자!"

나는 보스가 약해진 기세를 이용하여 루카와 함께 호를 그리는 것처럼 블러드 오브 데몬 측면으로 접근했다.

"하앗──《피프스 브레이커》!"

내가 측면에서 5연격 아츠를 날렸다.

그리고 수렴광선의 일격과 아츠 연격으로 인해 블러드 오브 데몬의 표적이 나로 바뀐 뒤 보스가 대검을 휘둘렀다.

나는 루카와 마찬가지로 한 손 검을 겨누고 막아내려 했지만——.

"크윽——?!"

힘에 밀려나자 뒤로 뛰어서 기세를 죽이며 거리를 벌렸다.

"뮤우 양?! ——《아머 브레이크》!"

루카는 곧바로 나를 본 보스의 어그로를 뺏기 위해 방어 저하 효과가 있는 아츠를 날리고 보스와 정면으로 검을 맞부딪히기 시작했다.

『뮤우, 괜찮아?』

"히노, 괜찮아. 그런데 내가 밀려나 버릴 줄이야."

프렌드 통신에서 들린 목소리에 대답하면서 루카처럼 정면으로 받아내는 건 피하고 회피를 중시하며 움직이기 시작했다.

"하앗——《라이트 숏》! 《솔 레이》!"

나는 달려가면서 광탄을 여러 발 발동시키고 시야를 가리기 위해 수렴광선으로 얼굴을 노린 뒤 적의 사각으로 돌아가서 치고 빠지기를 반복했다.

광탄 여러 발은 호를 그리는 듯한 코스로 날아가 보스 몸 곳곳에 맞았다.

커브를 그리며 날아든 광탄은 코하쿠가 쓰는 [병렬영창]

센스가 없더라도 발사 속도나 커브 크기를 조정함으로써 맞는 순간을 맞춰 체인 보너스로 대미지를 더 많이 입힐 수 있다.

"하앗!"

『크으, 건방진 것.』

내가 단숨에 사각에서 접근해서 닥치는 대로 치고 빠지기를 반복했다.

오른손으로 겨눈 대검을 피하기 쉽게끔 항상 반대쪽 측면에서 공격했지만, 인간형 MOB의 급소인 머리는 보스가 팔을 들어 막아냈다.

『도망치지 마라!』

"그렇게 두진 않을 거예요! ──《쇼크 임팩트》!"

다시 치고 빠지기와 중, 원거리에서 마법을 연달아 날리는 나를 쫓아오기 위해 블러드 오브 데몬이 발을 내딛자 루카가 그 빈틈에 맞춰 아츠를 날려 어그로를 억지로 빼앗아 갔다.

남은 HP가 8할이 될 때까지는 안정적으로 싸울 수 있었다.

약하게 만들지 않았을 때도 이 정도까지는 겨우 줄일 수 있었는데──.

『인간 주제에 마법을 쓰다니! ──하앗!』

"루카! 피해!"

"알겠어요!"

HP를 8할까지 깎은 순간, 보스가 대검을 들지 않은 왼손을 내밀고 묵직하게 울리는 소리를 냈다.

그 소리에 맞춰 루카가 블러드 오브 데몬에게서 거리를 벌렸고, 나도 조준하기 힘들게끔 계속 움직이다가 멈춰 서서 전투로 인해 소비한 MP를 회복시키기 위해 MP 포션을 마시고 공격에 대비했다.

『이걸 맞고, 떨어져라!』

쿠웅, 그렇게 땅을 울리며 발을 내디딘 것과 동시에 던전 바닥에서 거칠고 뾰족한 돌멩이가 생겨났고 그 끄트머리가 이쪽을 향했다.

"루카, 피하자!"

"알겠어요!"

우리는 날아드는 돌멩이를 피하기 위해 온 힘을 다해 뛰어가기 시작했고, 제대로 맞을 것 같은 돌멩이는 검으로 튕겨냈다.

루카는 바스타드 소드를 바닥에 꽂고 방패삼아 막아냈다.

풀 파티로 도전했을 때는 코하쿠의 방어마법으로 대미지를 경감시키며 흘려보낸 HP 트리거 기술이지만, 이번에는 온 힘을 다해 피했다.

나와 루카는 돌멩이를 몇 개 맞았지만, 약해져 있기 때문에 회복할 필요도 없을 정도로 작은 대미지였다.

그리고 이제부터 블러드 오브 데몬은 토속성 마법을 사용한다.

"지금부터는 마법을 사용해요! 뮤우 양, 조심하세요!"

루카는 그렇게 말하고 바닥에 꽂았던 바스타드 소드를 뽑은 뒤 블러드 오브 데몬에게 뛰어가기 시작했다.

블러드 오브 데몬은 마법을 사용하기 시작했지만, 다가오는 플레이어가 있으면 직접 대검으로 상대하기 때문에 루카에게는 의미가 없다. 마법은 중, 원거리에 있는 플레이어를 표적으로 삼아 사용한다.

"크윽, 좀처럼 다가갈 수가 없네! ──《라이트 숏》,《솔레이》!"

내가 치고 빠지는 식으로 공격하려 하자 블러드 오브 데몬이 미리 바닥을 짓밟아 진로를 방해하려는 듯이 뾰족한 돌을 날렸고, 직선으로 날아간 수렴광선과 상쇄되었다.

유효타를 따지면 돌조각 요격을 우회할 수 있게끔 변화시켜 날리는《라이트 숏》으로 본체를 공격할 수 있겠지만, 좀 전처럼 쉽사리 다가갈 수 없게 되었다.

"크으, 아까보다 시간 대비 대미지 효율이 떨어졌어."

HP가 가득 찬 상태에서 8할 아래로 떨어지기까지 약 3분. 이대로 페이스를 유지하면 15분 정도면 끝났겠지만 내가 만족스럽게 공격할 수 없게 되면 전투 시간이 더 길어지게 된다.

그리고 길어진 만큼 약하게 만드는 요소를 발동시키고 있는 히노와 다른 사람들의 부담이 커진다.

"뮤우 양은 그대로 거리를 유지하면서 제게 회복마법을

걸어주세요!"

『후후훗, 저희 쪽 부담을 걱정하시는 거라면 신경 쓰지 마세요. 안정적으로 싸워주세요.』

루카가 지시를 내리고 리레이가 프렌드 통신으로 말했지만, 그것도 좀처럼 잘 풀리지 않았다.

전위에서 블러드 오브 데몬과 맞서고 있는 루카에게 회복 마법을 걸기 위해 멈춰 설 때마다 뾰족한 돌이 날아와 중단시켰다.

"루카, 리레이! 회복마법을 쓰는 건 비효율적이니까 역시 앞으로 나갈게!"

나는 단숨에 블러드 오브 데몬에게 달려갔고, 보스는 내가 다가오지 못하게끔 돌조각을 날렸다.

"──《에어 스텝》!"

나는 똑바로 날아오는 돌조각에 접촉하기 직전에 바닥을 박차고 공중을 달리며 뛰어넘었다.

『카아앗!』

울부짖는 것과 동시에 공중에 있던 내게 뾰족한 돌조각을 날렸지만, 공중을 한 번 더 박차고 궤도를 변경하며 공격에 나섰다.

"하앗──《에어 스텝》, 《솔 레이》!"

공중을 박차고 더욱 높게 뛰어오름으로써 돌조각을 피하고 높은 위치에서 블러드 오브 데몬의 머리를 노렸다.

높은 위치에서 날린 수렴광선이 얼굴에 제대로 맞아 움직임을 순간적으로 둔하게 만들었다.

"하앗!"

루카가 그 틈에 힘을 모아 단숨에 해방시켰고, 강력한 일격으로 블러드 오브 데몬에게 추격타를 가했다.

"영차──《하이 힐》!"

나는 착지하는 것과 동시에 루카에게 회복마법을 사용한다음 보스가 움직이기 전에 재빨리 거리를 좁혔다.

"정말, 뮤우 양은 어쩔 수 없네요."

"단기결전으로 가자! 시간 대비 대미지를 더욱 높여야 해!"

나는 화력을 키우기 위해 아슬아슬한 거리를 두고 근접공격을 하면서 나와 루카에게 회복마법을 걸었다.

스킬의 대기시간 때문에 광속성 마법을 쓸 정도로 여유롭지는 않았지만, 루카가 정면에서 상대하고 내가 이리저리 휘두르는 움직임을 보이며 베어서 대미지를 벌어 초반이 지나갔다.

●

HP가 2할씩 깎일 때마다 더욱 거센 행동을 보이는 블러드 오브 데몬과 벌이는 전투, 일단 지금까지는 안정적으로 진행하고 있었다.

중간부터는 중, 원거리에만 사용하던 토속성 마법을 근거리에도 사용하게 되었고, 시간 대비 입히는 대미지가 줄어들었기에 전투를 시작한 지 10분이 지난 시점에서 남은 HP는 5할 정도였다.

그리고 전투를 시작한 지 10분이 지나자 나와 루카는 프렌드 통신으로 토비 일행과 연락을 자주 하기 시작했다.

"다들 준비 되었어?"

『……네. 괜찮아요.』

『나도 괜찮아.』

『내도 문제없어야.』

『후후훗, 어떻게든 살아남아 주세요.』

프렌드 통신 너머로 확인을 마친 나와 루카는 블러드 오브 데몬에게서 거리를 벌렸다.

우리가 거리를 벌리자 보스가 이쪽으로 천천히 다가오며 산발적으로 뾰족한 돌조각을 날렸고, 그 공격을 양쪽으로 흩어져 피한 다음 포션을 써서 HP와 MP를 회복시켰다.

그리고 다른 사람들 쪽에서 시작되었는지 블러드 오브 데몬의 몸에 박혀 있는 보옥이 빛을 되찾기 시작했다.

『오오오오오오옷!』

──**[혈악마공의 보옥A]를 빼앗겼습니다. 그로 인해 [혈악마공·블러드 오브 데몬]의 저하되었던 스테이터스가 원래대로 돌아갑니다.**

그 메시지가 세 번 떴고, 그때마다 스테이터스를 되찾아가는 블러드 오브 데몬.

"와요, 뮤우 양!"

"다른 사람들이 다시 약하게 만드는 요소를 발동시킬 때까지 살아남자!"

시간을 연장할 때마다 다른 사람들 쪽에 나타나는 MOB이 강해지기 때문에 약하게 만드는 요소를 한 번 리셋시킬 필요가 있었다.

그리고 나와 루카는 다시 약하게 만들기 전까지 살아남아야만 한다.

『카아아아아아앗!』

스테이터스를 되찾고 거리를 벌리고 있던 우리를 향해 포효하는 블러드 오브 데몬.

그 포효와 함께 스테이터스 저하 상태에서 사용할 수 없었던 마법을 쓸 수 있게 되었다.

대검으로 바닥을 세게 내려치자 돌기둥이 솟구치며 우리 쪽으로 다가왔다.

"마법 발동이 빨라!"

"뮤우 양은 왼쪽, 저는 오른쪽으로 피할게요!"

일직선으로 다가오는 돌기둥을 피해서 뛰어가 블러드 오브 데몬을 보니 오른손으로 들고 있던 대검을 가로로 겨누고 돌기둥을 후려치려는 듯이 휘둘렀다.

그리고 부서진 돌기둥이 뾰족한 돌조각으로 변해 오른쪽으로 피한 루카를 덮쳤다.

"루카! 지금 갈게── 윽?! 이건!"

루카는 바스타드 소드를 방패삼아 공격을 막았지만 밀도가 높은 돌조각 공격을 버텨내지 못하고 방의 벽까지 날아가서 회복마법 발동 범위 바깥으로 나가버렸다.

그 일격으로 인해 HP를 6할 넘게 잃은 루카를 회복시키기 위해 다가가려고 발을 내디뎠지만 몸이 움직이지 않았다.

발치를 보니 바닥 일부가 늪으로 변했고, 그 늪에 서서히 가라앉고 있었다.

『뮤우! 루카토가 프렌드 통신 대답을 안하는디! 그쪽은 어떻게 된 거여!』

"HP를 많이 잃고 [기절] 상태이상에 걸렸어!"

코하쿠의 급한 목소리를 들으며 벽 쪽에 쓰러진 루카에게 조금씩 다가가는 블러드 오브 데몬을 보았다.

"루카에게 손대지 마! ──《솔 레이》!"

내가 손바닥을 들어 날린 수렴광선을 보스가 오른쪽 손등으로 막아내고 이쪽을 돌아보았다.

"하앗──《라이트 숏》!"

표적을 나로 바꾸기 위해 차례차례 마법을 날렸지만, 스테이터스가 돌아온 탓에 손등으로 간단히 튕겨내 버렸다.

"토속성 마법은 골치 아프네."

표적을 바꾸고 조금씩 다가오는 블러드 오브 데몬을 올려다보며 식은땀을 흘렸다.

[토속성 재능] 센스로 배우는 토속성 마법은 수수하고 아군의 움직임을 방해할 경우도 있기에 플레이어들 사이에서는 그다지 인기가 있는 마법이 아니다.

하지만 이렇게 적이 쓰는 걸 보니 꽤 골치 아프다.

『흐음!』

거리가 약간 떨어져 있는 곳에서 보스가 오른손으로 대검을 휘둘렀다.

그와 동시에 바닥에서 돌기둥이 솟구쳐서 내게 다가왔지만 늪에 다리가 빠져서 피할 수가 없었다.

"큭! ──《홀리 배리어》!"

빛의 벽을 발생시키는 방어마법을 쳤지만, 솟구친 돌기둥이 내가 친 빛의 벽을 뚫고 나를 쳐올렸다.

쳐올린 기세로 인해 몸이 공중에 떴기에 늪에서 발을 빼낼 수 있긴 했지만, 돌기둥의 일격으로 인해 뒤쪽으로 튕겨져 나갔다.

"꺄악!"

빛의 벽과 한 손 검의 측면으로 막았지만, 그럼에도 불구하고 HP가 3할 정도 남았다. 운 좋게 [기절]하지 않고 비틀거리며 일어섰지만──.

『끝이다, 계집아이야!』

조용히 눈앞으로 다가와 있던 블러드 오브 데몬을 올려다보았다.

대검을 들어 올린 모습을 보자 지금까지 겪었던 패배의

데자뷔를 느끼고 포기하자는 마음이 생겨나려 했다.

『뮤우! 준비됐어!』

프렌드 통신에서 다른 사람들의 목소리가 들렸다.

보스가 대검을 휘두르던 도중에 몸에 박혀 있던 오브의 빛이 하나씩 사라졌고, 다시 스테이터스가 저하되어 반응이 둔해졌다.

"나는 절대로 안 져! 하이앗——《델타 슬래시》!"

약해진 직후, 바닥을 박차고 움직임이 둔해진 블러드 오브 데몬에게 3연격 아츠를 날렸다.

아츠의 첫 번째 공격으로 대검을 흘리고, 두 번째, 세 번째 공격으로 대검을 들고 있던 오른손에 공격을 가했다.

그때, 한 손 검으로 가한 세 번째 공격이 오른손에 박혀 있던 오브에 맞아 표면에 금이 갔다.

『으음, 끈질기군!』

보스가 아츠의 연격을 견뎌내고 막기 위해 들어 올린 오른팔을 휘둘러 대검으로 나를 공격하려 했기에 크게 뛰어서 물러났다.

하지만 보스는 내가 뛰어서 물러난 만큼 벌어진 거리를 좁히고 대검으로 마무리를 짓기 위해 달려들었다.

"약해지더라도 맞으면 위험하니까!"

나는 블러드 오브 데몬의 공격을 피하는데 전념했다.

"크으, 회복할 시간이 없어!"

보스가 한 손으로 가볍게 휘두르는 대검을 아슬아슬하게

피하면서 생겨난 풍압을 느끼고 식은땀을 흘렸다.

비장의 수를 사용하자는 생각이 머릿속을 스쳐갔고——.

"윽?! 아차!"

『그 목, 받아가마!』

토속성 마법의 흔적인 돌기둥에 몰리고, 눈앞에서 찌르기를 날리는 블러드 오브 데몬.

그리고 그런 우리 사이에 루카가 뛰어들어 날아드는 대검을 튕겨냈다.

"뮤우 양, 늦어서 죄송해요!"

"루카! 돌아왔구나!"

HP를 빠르게 잃고 [기절] 상태이상에 걸려 쓰러져 있던 루카가 시간이 지나자 자연 회복되어 눈을 뜬 모양이었다.

하지만 나를 구하기 위해 회복할 틈도 없이 달려와 준 것 같았다.

"루카도 참 무리하는구나! ——《라운드 힐》!"

나는 범위 회복마법을 써서 나와 루카의 HP를 회복시켰다.

그리고 다시 전투를 벌이게 된 상황, 나는 냉정해져서 어떤 사실을 깨달았다.

"……루카, 보스의 오른손에 있는 오브."

재빨리 반격 아츠를 날렸을 때, 보스가 참격을 막아내다 금이 간 상태였다.

"오브에 상처가 났네요."

"혹시 부술 수 있을 지도 몰라……."

"해볼 가치는 있겠네요. 제가 움직임을 막을 게요! 뮤우 양은 오브를 노려주세요!"

"알았어!"

루카가 다시 블러드 오브 데몬 앞에 서서 검을 맞부딪히기 시작했다.

나는 다시 블러드 오브 데몬에게서 거리를 벌리고 비장의 수 중 하나를 준비했다.

"──《세이크리드 블레스》!"

내 몸이 강한 빛에 감싸이자 블러드 오브 데몬이 강한 빛에 이끌리는 듯이 나를 보았다.

"어딜 보시는 건가요! 상대는 저라고요! ──《쇼크 임팩트》! 뮤우 양, 지금이에요!"

블러드 오브 데몬이 움직임을 멈추고 방해하기 위해 돌조각을 날리려고 왼손을 들어 올렸지만, 그 빈틈을 찌른 루카가 넉백 효과를 지닌 아츠를 사용해 왼손의 움직임을 멈췄다.

그동안 나는 다른 스킬을 사용했다.

"──《러시》, 《에리얼 워커》!"

《러시》는 [검] 계열 센스에서 취득할 수 있는 가속 스킬.

《에리얼 워커》는 [입체제한해제] 센스에서 취득할 수 있는 공중 보행 스킬이다.

그리고 방금 사용했던 《세이크리드 블레스》의 ATK,

SPEED 강화 효과를 합치면——.

『그오오오오오오오——.』

내가 단숨에 블러드 오브 데몬에게 거리를 좁히며 박혀 있던 오브에 각각 두 번씩 공격을 가했다.

정면에 서 있던 내게 대검을 들어 올리고 휘둘렀지만, 이미 나는 그곳에 있지 않았다.

"그건 잔상이야! 하앗!"

오른쪽 측면으로 돌아가 팔의 오브에 연속 공격을 가했고, 이번에는 공중을 연속으로 박차며 머리 위로 뛰어올라 반대쪽에 착지한 뒤 팔과 무릎의 오브에 각각 참격을 가하며 휘두르기 시작했다.

『어째서냐! 어째서 따라잡을 수 없는 거지!』

"대단해요. 이게 뮤우 양의 진짜 실력……."

멀리 떨어진 위치에 있던 루카가 내 움직임을 따라잡지 못해서 전투에 끼어들 타이밍을 파악하지 못하고 있었다.

그런 동안에도 나는 공중을 달리며 잔상을 남기고 여러 가지 각도에서 블러드 오브 데몬의 파괴 가능한 부위에 공격을 가해나갔다.

《세이크리드 블레스》의 효과는 모든 스테이터스 상승이다.

스테이터스가 높아져서 참격 속도가 빨라졌고, 《에리얼 워커》로 공중 보행이 가능해졌다.

그 시너지 효과로 인해 일정 시간 동안 적 MOB을 일방적으로 두들겨 팰 수 있을 정도로 압도적인 공격속도를 손에 넣을 수 있다.

그리고 《에리얼 워커》를 사용하여 입체적으로 움직일 수 있게 된 나는 모든 방향에서 덤벼들며 점점 HP를 깎아나 갔다.

하지만 너무 강한 힘에는 당연히 반동이 존재하기 마련 이다.

『느려, 졌다!』

"이런, 《러시》가 끝났어!"

유용한 스킬이지만 상황에 따라서는 디메리트도 존재 한다.

《러시》는 사용한 뒤 생기는 반동 경직시간 중에 움직임이 멈춰버린다. 그리고 《세이크리드 블레스》는 발동 중에 적의 어그로를 많이 모으게 된다.

『네놈을 갈가리 찢어주마!』

"──《솔 레이》!"

보스가 움직임이 멈춘 내게 대검을 들어 올렸지만, 나는 블러드 오브 데몬을 똑바로 올려다보고 여러 번 참격을 가 해 금이 잔뜩 간 왼쪽 오브에 수렴광선을 날렸다.

그리고 왼손의 오브가 수렴광선에 관통되어 붕괴하며 빛 의 입자가 되어 흩어지기 시작한 와중에 어떤 알림이 떴다.

[혈악마공의 보옥B]가 파괴되었습니다. 그로 인해 [혈악마공 · 블러드 오브 데몬]의 저하된 스테이터스가 고정되고, 해당하는 방

의 기능이 소실됩니다.

『뮤우! 이쪽에 있는 오브가 부서지기 시작했어!』

알림이 뜬 직후, 히노에게 프렌드 통신이 들어와 약해지게 만드는 상황을 말해주었다.

오브를 공격했을 때 금이 가서 혹시나 싶었는데, 약해져서 빛이 사라진 동안에는 그 부위를 파괴할 수 있는 모양이었다.

그리고 주위로 흩어졌던 오브의 입자가 소용돌이치며 어떤 형태를 만들어내기 시작했다.

『어?! 이게 뭐야! 빨려들어──.』

"뭐야? 오브가 있던 곳에 소용돌이가! 그리고 히노?!"

프렌드 통신 너머로 들리는 히노의 급한 목소리.

그리고 눈앞에서 소용돌이치는 입자가 히노의 모습으로 바뀌었다.

"⋯⋯저기, 내가 보스 방으로 전이된 거야?"

무슨 일이 일어났는지 파악하지 못하고 깜짝 놀란 표정으로 서 있는 히노.

하지만 바로 블러드 오브 데몬을 보고 큰 망치를 겨누며 상황을 파악하는데 전념했다.

보스의 남은 HP는 4할. 그리고 오른손에 박혀 있던 오브가 부서져서 사라졌고, 그에 해당되는 방에 있던 히노가 전이되었다.

그렇다면 할 일은 한 가지.

"뮤우 양은 스킬 디메리트가 사라질 때까지 후방에서 대기! 히노 양! 오브를 노려주세요!"

"역시 그 스킬의 조합은 반동이 너무 크네. 으, 참가하고 싶어."

나는 SPEED 저하로 인해 무겁게 느껴지는 몸을 질질 끌다시피 후퇴한 뒤, 루카와 히노를 바라보았다.

"라져. 얼른 토비하고 다른 사람들을 부르자!"

루카의 지시를 듣고 히노가 단숨에 덤벼들며 자그마한 몸을 이용해 몸을 숙이고 무릎의 오브를 노렸다.

보스는 그런 히노의 일격을 막기 위해 대검의 측면을 들이댔지만, 히노는 그대로 반대쪽으로 뛰어간 뒤 돌아서서 베며 다시 덤벼들었다.

그 움직임에 맞춰 토속성 마법의 뾰족한 돌조각으로 히노를 노렸지만, 파고든 루카가 이번에는 왼팔의 오브를 파괴했다.

[혈악마공의 보옥D]가 파괴되었습니다. 그로 인해 [혈악마공·블러드 오브 데몬]의 저하된 스테이터스가 고정되고, 해당하는 방의 기능이 소실됩니다.

다시 뜬 알림. 그리고 부서져 흩어진 오브의 입자가 이번에는 토비를 전이시켰다.

"……지금부터 참전하겠습니다."

토비가 조용히 말한 뒤 단검을 겨누고 루카와 히노의 공격을 돕기 위해 유격하러 나섰다.

그리고 메뉴에 뜬 스킬 반동으로 인한 스테이터스 저하가 해제되기까지 남은 시간을 바라보며 전투에 참가하지 못해서 답답해진 마음을 곱씹었다.

그리고──.

"토비! 가자!"

"……네!"

루카가 정면에서 블러드 오브 데몬을 끌어들이고, 히노와 루카가 좌우에서 동시에 빈틈을 찔렀다.

히노가 큰 망치로 오른쪽 무릎의 오브를 때렸고, 토비가 무릎 뒤쪽을 찌르며 왼쪽 무릎의 오브를 노렸다.

보스는 두 사람의 동시 공격에 맞서 팔을 휘두르며 돌조각을 날려 반격하려 했지만 히노는 몸을 낮게 숙여 피했고, 토비는 고개를 기울이며 최소한의 움직임으로 돌조각을 피해 두 사람의 공격이 동시에 들어갔다.

"프렌드 통신으로 상황은 파악했으께! 가자! 리레이!"

"후후훗, 이제야 우리가 나설 차례가 왔나요? 오래 기다렸는데요."

코하쿠와 리레이도 전이해 와서 드디어 파티 멤버가 모두 모였다.

"──《리틀 토네이도》!"

"——《플레임 서클》!"

『카아아아아아아아아앗——.』

전이 직후에 조여드는 불꽃 고리와 소용돌이가 합쳐진 화염선풍이 블러드 오브 데몬을 집어삼켰다.

순간 화력만 따지면 파티 제일인 코하쿠와 리레이의 합체 마법이 내 여러 가지 스킬을 사용한 비장의 수보다 더 큰 대미지를 입히기 시작했다.

그리고 내게도 차례가 돌아왔다.

"좋았어, 스킬 반동이 해제되었네!"

후위에서 대기하고 있던 나도 마지막 순간을 놓치지 않고 뛰어가기 시작했다.

마침 보스인 블러드 오브 데몬이 코하쿠와 리레이가 만들어낸 화염선풍을 대검으로 가르며 모습을 드러냈다.

그리고 우리 파티와 보스인 블러드 오브 데몬이 벌인 종반전 때는 우리들이 계속 보스를 휘둘러댔고, 마지막엔 루카의 일격으로 해치우게 되었다.

●

『오오오오오오오옷——.』

묵직한 목소리를 내며 마지막 일격을 맞고 뒤쪽으로 쓰러진 던전 보스 블러드 데몬을 해치운 다음, 몇 초 동안 침묵이 흘렀다.

그리고——.

——던전 보스 [혈악마공 · 블러드 오브 데몬]의 토벌에 성공하였습니다.
던전 입구의 석비에 파티 이름 또는 플레이어 이름을 기입할 수 있습니다.

그 메시지가 뜬 것을 확인하고 기쁨에 몸을 떨었다.

""응! 해냈다아!""

지금까지 여러 번 졌고, 소생약까지 써가며 보스를 약하게 만들기도 했지만, 쓰러뜨릴 수 있었기에 나와 히노가 기뻐서 방방 뛰었다.

그런 우리를 보고 루카와 토비는 훈훈하다는 표정을 지었고, 코하쿠는 어린애라고 하며 쓴웃음을 지었다.

리레이는 황홀한 표정을 지으며 입가가 매우 늘어져 있었다.

"자, 바로 파티 이름을 석비에 새겨버릴까!"

던전 보스를 잡은 여운에 충분히 젖은 뒤 뜬 메뉴를 바라보다 한순간 몸이 굳었다.

"뮤우 양, 왜 그러세요?"

"그러고 보니 우리…… 파티 이름을 안 정했지."

""아~.""

내 말을 듣고 히노와 코하쿠가 작은 목소리로 말하며 납득했다.

나와 히노는 베타 버전 때부터 세이 언니와 타쿠 씨, 그리고 다른 사람들과 임시 파티를 짜곤 해서 파티 이름 같은 건 별로 익숙하지 않았다.

토비는 원래 솔로 플레이어라 파티 이름이 필요 없었고, 여러 파티를 돌아다니던 코하쿠와 리레이도 파티 이름이 익숙하지 않았다.

"……그럼 앞으로도 오랫동안 쓸 파티 이름을 지금 정해 볼까요?"

"그래요. 지금까지는 없었지만, 있으면 편리할지도 몰라요."

"그라제. 길드에 가입한 플레이어들한테도 밀리지 않을 파티 이름으로 만들어야 쓰것는디."

토비가 제안하자, 루카와 코하쿠가 맞장구를 쳤다.

길드에 가입한 플레이어는 파티 이름을 길드 이름으로 쓰곤 한다.

예를 들면 길드 [팔백만]에 소속된 세이 언니는 파티 이름으로 [팔백만]을 쓰곤 한다.

그밖에도 큰 길드 같은 곳을 동경하며 비슷한 이름을 붙이는 경우도 있는데——.

"후후훗, 그러면 [리레이와 백합 소녀들]이라는 파티 이름은 어떨까요."

"기각이여! 왜 니가 주체인디! 아니, 백합 소녀는 뭐고!"

"어~, 파티 이름에 은이나 백은이라는 글자가 안 들어가면 싫은데."

"뮤우는 태클을 걸 부분이 잘못 되었잖어!"

리레이가 제안하자 코하쿠가 곧바로 태클을 걸었고, 나도 파티 이름에 대한 희망사항을 말했는데 코하쿠가 눈을 흘겼다.

"나는 역시 여자애 파티라는 걸 알 수 있는 느낌으로 파티 이름을 정했으면 좋겠는데."

"……여자애? 색? 은빛 발키리라든가?"

"음~. 조금만 더!"

나와 히노의 의견을 듣고 히노가 조용히 어떤 파티 이름을 제안했지만 아직 부족한 느낌이 든다.

"후후훗, 발키리 같은 것도 좋지만 이왕 붙이는 김에 여신이라는 이름도 괜찮을 것 같네요."

"신이라니, 거창하네. 그래도 괜찮을 것 같은디?"

리레이가 다시 제안하자 코하쿠도 맞장구를 쳤다.

그리고 루카는──.

"여신이 여러 명…… 뮤즈 같은 건 어떨까요?"

"루카, 설명 부탁해!"

"그리스 여신이고 예술과 학문 같은 여러 가지 분야를 담당하는 여신 여러 명을 일컫는 칭호예요. 하나의 단어로 여자 여러 명, 여신을 가르키는 단어로는 괜찮지 않을까요?"

"괜찮네! 그리고 뮤즈는 뮤우의 이름하고 왠지 어감이 비

숫하니까 나는 괜찮은 것 같아."

"……그럼 뮤우 양의 머리카락 색과 합쳐서 [백은의 여신 (뮤즈)]인가요?"

"후후홋, 괜찮은 것 같네요."

"괜찮은 것 같은디?"

토비가 파티 이름을 말하자 리레이와 코하쿠가 맞장구를 쳤다.

나도 파티 이름이 내 이름과 비슷하게 정해지자 쑥스러워 서 끙끙대다 모두의 시선을 느끼고 파티 이름을 등록했다.

──파티 이름 등록이 확인되었습니다.
마지막으로 던전 보스 토벌 보수를 받아주십시오.

파티 이름을 등록한 직후, 우리 앞에 어떤 보물상자가 나 타났다.

그 보물상자는 희미하게 빛나는 철제 보물상자였다.

보옥으로 약하게 만들어서 보물상자의 랭크가 떨어진 건지도 모르겠다. 그렇게 생각하며 토비가 보물상자를 열 었다.

안에는 검붉은 액체가 들어 있는 작은 병이 있었고, 아이 템 이름은 [악마공의 혈액]이었다.

일단 소재 계열 아이템인 모양이라 지금은 어떻게 써야

할지 모르겠지만, 전부 합쳐 여섯 개 있었고 하나씩 나눠 가지자 보스 방 안쪽에 던전에서 탈출할 수 있는 전이 오브젝트인 포탈이 나타났다.

우리는 그 포탈을 이용해 던전 입구에 있는 석비 앞으로 전이했고, 석비에 우리 파티 이름, [백은의 여신(뮤즈)]이 새겨져 있었다.

보스를 잡고 나온 철제 보물상자처럼 희미하게 새겨진 글자를 만져보니 파티 멤버인 모두의 이름이 떴다.

미공략 던전 보스를 가장 먼저 클리어했다. 그 사실로 인해 가슴이 뜨거워지는 한편, 우리에게는 아직 할 일이 잔뜩 있었다.

"좋았어! 다음엔 약하게 만드는 요소를 세 개만 발동시켜서 도전할 수 있게끔 강해지자! 우리는 더 강해질 수 있어!"

내가 석비 앞에서 뒤를 돌아보며 루카와 다른 사람들에게 힘껏 외치자 모두들 고개를 끄덕였다.

우리의 OSO는 계속된다.

[백은의 여신]이라는 파티 이름을 정하긴 했지만, 우리가 스스로 쓸 일은 별로 없었다. 그 이름이 서서히 플레이어들 사이에 스며들어 OSO를 대표하는 톱 플레이어 파티로 인식되기까지는 시간이 좀 더 걸렸다.

작가후기

처음 뵙는 분, 오랜만에 뵙는 분, 안녕하세요. 아로하자초 입니다.

이 책을 읽어주신 분, 담당 편집자 O 씨, 작품에 멋진 일 러스트를 그려주신 유키상 님, 그리고 본편을 봐주신 분들 께 진심으로 감사드립니다.

이 작품은 드래곤 매거진에 연재했던 외전 시리즈를 책으로 묶은 것입니다.

이번에 OSO 스핀오프 작품 [백은의 여신]이 세 권으로 무사히 완결되었습니다.

아직 뮤우 일행은 성장하는 도중입니다만, 뮤우 파티의 활약을 즐겨주시면 좋을 것 같습니다.

이 외전 소설의 기획이 시작되고 잡지에 게재하기 시작한 것이 2015년 5월이니 약 2년 반 정도 함께 해온 것 같습니다.

본편의 주인공, 윤의 여동생인 뮤우를 중심으로 이야기를 쓰면서 귀중한 경험을 하게 되었던 것 같습니다.

이 단편 시리즈가 완결되니 쓸쓸한 것 같기도 하고 한숨 돌린 것 같기도 합니다.

이 [백은의 여신]은 새삼 생각해보니 외전 시리즈 치고는 조금 도전적이었던 것 같습니다.

뭐니 뭐니 해도 주인공, 여동생인 뮤우를 중심으로 한 여성 파티가 주체인 이야기가 많았죠.

본편의 주인공인 윤도 게임 캐릭터가 기계 오작동으로 인해 여성 캐릭터를 사용하고 있는 점에서 이미 특이한 케이스인데, 또 여성 주인공의 외전 소설.

'앗싸! 여자애를 주인공으로 쓸 수 있어!'라고 기뻐하긴 했지만, 매우 힘들었던 것 같기도 합니다.

본편 사이에 발생하는 모순이나 설정 붕괴가 없게끔 확인하며 소재를 내보내고, 이벤트와 적 MOB의 디자인 등, 평소에는 신경 쓰지 않았던 부분도 있었기에 고심했던 기억이 납니다.

그리고 격월지이기 때문에 숨을 돌릴 틈도 없이 다음 준비, 다음 준비, 그렇게 계속 이어졌던 기억이 납니다.

그런 반면, 본편에서는 하지 못한 내용을 따지면 여러 종류의 작은 동물 MOB의 등장, 각 파티 멤버들에게 초점을 맞추는 것, 외전이라 가능한 코스프레 장비를 입힌 것을 들 수 있을 것 같습니다.

작가 본인이 캐릭터의 모습과 성격을 비교하며 그에 맞는 무늬가 들어간 천이나 코스프레, 파티 멤버와의 조합이 귀여울지 고민한 시간이 여자애가 여러 명 등장하는 멋진 장면을 만들 때 유용한 경험이 된 것 같습니다.

OSO 외전 [백은의 여신]은 이것으로 완결되었습니다만,

또 귀여운 여자애들의 이야기를 만들고 싶다는 의욕은 사라지지 않았습니다.

다음에는 본편을 낼지 다른 작품을 낼지 모르겠습니다만, 여러분께 제가 생각한 귀여움을 전해드릴 수 있었으면 합니다.

앞으로도 저, 아로하자초를 잘 부탁드립니다.

마지막으로 이 책을 읽어주신 독자 여러분께 다시 감사의 말씀을 드립니다.

다시 여러분을 만나게 될 날을 기대하고 있겠습니다.

2017년 9월 아로하자초

역자 후기

안녕하세요. 천선필입니다.

이번 [백은의 여신] 3권, 재미있게 읽으셨는지 모르겠습니다.

[온리 센스 온라인] 스핀오프 작품인 [백은의 여신]이 이번 3권으로 완결이 나게 되었습니다. 개인적으로는 이런 외전격 작품을 좋아하기에 좀 더 곁가지를 뻗어도 괜찮지 않을까 합니다만, 이후로 이어지는 이야기는 본편에서 즐기면 되겠죠.

작가분의 말씀처럼 이 작품은 도전적인 시도가 간간이 엿보이는 작품이었습니다. 본편에 등장했던 캐릭터들을 다른 측면에서 조명하는 것은 외전 및 스핀오프 작품의 기본이긴 합니다만 매번 꼭 등장하는 느낌인 코스프레 이야기, 본편과 연달아서 진행되는 여자 주인공의 이야기 등이 그런 시도로 느껴집니다. 그렇게 진행된 작품이었기에 앞서 말씀드린 외전의 필수요소를 챙기면서도 신선한 느낌을 주는 이야기였다는 느낌이 드네요.

이번 3권에서 가장 인상 깊었던 것은 특수한 요소가 들어가 있는 보스전이었습니다. 이런 종류의 게임에 등장하는 보스는 기본적으로 장기전을 염두에 두고 전투 시간을 길게 잡기에 일반적인 전투만 벌이게 되면 심심한 보스전이 되곤 하기에 특수한 요소를 꼭 넣곤 합니다. 이 작품에 등장하는 것처럼 기본적으로 매우 강한 보스를 약하게 만드는 요소를 넣거나, 보스가 사용하는 강력한 기술에 대처하는 방법을 따로 만들어두거나, 아예 보스가 파티를 전멸시키는 상황에서 전투가 계속 이어지는 경우도 있습니다. 제가 했던 게임에서는 회복마법으로 대상의 HP를 일정 이상 회복시켜야 클리어할 수 있는 보스전이 제일 특이했던 것 같네요.

그렇게 기획자의 기획 의도 범위 내에서 혼자, 또는 동료들과 함께 움직임을 맞춰가며 즐기는 것이 게임의 큰 틀이 아닐까 싶습니다. 그리고 제일 중요한 건 게임을 즐기는 사람의 마음가짐이겠죠. 특히 여러 사람과 같이 플레이하는 온라인 게임 같은 경우 그런 부분이 극대화되어 혼자 플레이하는 게임과는 다른 재미를 주는 것 같다는 생각이 듭니다.

그런 생각을 하며 이 작품을 마무리 짓는 [백은의 여신] 3권을 번역하였습니다. 끝난다고ㄷ 생각하니 아쉽기도 하네요. 감사의 인사드리고 후기를 마치도록 하겠습니다.

항상 고생이 많으신 담당 편집자분, 그리고 소미미디어

관계자 여러분, 이번에 100일을 맞이한 조카와 누나, 아버지, 어머니, 가족 여러분. 감사드립니다.

그리고 이 책을 읽어주신 독자 여러분, 제가 이렇게 번역을 마치고 후기를 쓸 수 있는 것도 여러분 덕분이라 생각합니다. 진심으로 감사드립니다.

이 책을 읽으신 분들께서는 본편도 함께 읽고 계시겠지만, 본편 내용을 다룬 만화도 내용을 잘 살리면서 등장인물들을 귀엽게 나타내고 있습니다. 함께 읽으시면 더 즐거우실 거라 생각합니다.

항상 건강 조심하셔서 행복한 하루 보내시길 바랍니다. 감사합니다.

천선필

Only Sense Online HAKUGIN NO MUSE Vol.3 –Only Sense Onilne-
©Aloha Zachou, Yukisan 2017
First published in Japan in 2017 by KADOKAWA CORPORATION, Tokyo.
Korean translation rights arranged with KADOKAWA CORPORATION, Tokyo.

온리 센스 온라인 외전 백은의 여신 3

2018년 11월 8일 1판 1쇄 인쇄
2018년 11월 15일 1판 1쇄 발행

저   자 아로하자초
일 러 스 트 유키상
옮 긴 이 천선필
발 행 인 유재옥
본 부 장 조병권
담당편집자 김민지
편   집 강혜린 김다솜 김민지 이문영 박은정 박상엽 정영길 조찬희
라이츠담당 박선희 오유진
디 지 털 최민성 박지혜
발 행 처 ㈜소미미디어
등   록 제2015-000008호
주   소 서울시 마포구 토정로222, 403호(신수동, 한국출판콘텐츠센터)
판   매 ㈜소미미디어
마 케 팅 한민지 한주원
물   류 허석용 최태욱
전   화 편집부 (070)4164-3962, 3963 기획실 (02)567-3388
                  판매 및 마케팅 (070)4165-6888, Fax (02)322-7665

ISBN 979-11-6190-981-3 04830
ISBN 979-11-6190-104-6 (세트)